2484461

AUG - - 2014

Le sort de Bonté III

D1260702

Du même auteur

Dehors, les enfants !, Montréal, Leméac, 1980.

J'avais quatorze ans, Montréal, Leméac, 1983.

Irène et ses deux maris, Montréal, Leméac, 1984.

Baillargé, Montréal, Fides, 1986.

La Blonde d'Yvon, Montréal, Les Éditions Du Roseau, 1987 (épuisé).

Vendredi-Friday, Montréal, Les Éditions Du Roseau, 1988 (épuisé).

Carnaval, Montréal, Les Éditions Du Roseau, 1989 (épuisé).

Un ciel bleu rose, Prix littéraire Radio-Canada, *enRoute*, avril, 2006.

Heureux qui comme Ulysse, Montréal, Les Éditions Sémaphore, 2010.

ALAIN POISSANT

Le sort de Bonté III

ROMAN

LES ÉDITIONS
Sémaphore

LES ÉDITIONS
Sémaphore

3962, AVENUE HENRI-JULIEN
MONTRÉAL (QUÉBEC) H2W 2K2
Canada

Téléphone 514 281-1594
info@editionssemaphore.qc.ca
www.editionssemaphore.qc.ca

Nous remercions le Conseil des Arts du Canada de l'aide accordée à notre programme de publication ainsi que la Société de développement des entreprises culturelles du Québec.

Couverture : Marie-Josée Morin
Mise en pages : Lise Demers
Révision : Tania Viens

Catalogage avant publication de Bibliothèque et Archives nationales du Québec et Bibliothèque et Archives Canada

Poissant, Alain, 1951-

    Le sort de Bonté III

    ISBN 978-2-923107-26-4

    I. Titre.

PS8581.O237S67 2013   C843'.54   C2013-940604-2
PS9581.O237S67 2013

ISBN PAPIER : 978-2-923107-26-4
ISBN PDF : 978-2-923107-79-0
ISBN ePUB : 978-2-923107-80-6

Dépôt légal : 2er trimestre 2013

© Les Éditions Sémaphore et Alain Poissant

Diffusion Dimedia
539, Boul. Lebeau, Ville Saint-Laurent (Qué), Canada H4N 1S2
Tél. : 514 336-3941

www.dimedia.com

À Sylvie

1

Une ferme dans un rang, une ferme modèle comme le sont devenues les fermes du Québec à partir des années soixante. Vastes champs épierrés et drainés en profondeur. Arbres isolés dressés sur l'horizon comme des babioles sur une tablette. Bâtiments de tôle galvanisée scintillants au soleil. Vaches noir et blanc attachées devant une mangeoire et un abreuvoir douze mois par année. Des Holsteins ossues et pataudes qui souffrent souvent de boiterie à cause du manque d'exercice et de la rudesse des planchers de ciment. On a brûlé leurs cornes à très jeune âge et les longues frisettes de poil qui couvrent maintenant la cicatrice leur donnent un doux air égaré d'animal en peluche. Dans la laiterie adjacente à l'étable est affichée sur un mur la photo des taureaux reproducteurs. En marge de chaque photo, une main pressée a écrit le prix de chaque pipette de semence, prix qui comme toute chose en ce monde suit l'offre et la demande. L'inséminateur se présente dans les six heures suivant un appel téléphonique avec le sperme conservé dans un bassin d'azote liquide. Il enfile un long gant de plastique qui lui couvre tout le bras et l'épaule. Il tasse la queue de la future génitrice. Retenue par son carcan ou sa chaîne, celle-ci lève la tête une seconde et courbe le dos tandis que la main tâtonnante s'enfonce en elle. Chez les éleveurs qui ont l'œil pour reconnaître les signes d'ovulation, le taux de réussite de cette version ultra-sélective de la fécondation est aussi élevé qu'une saillie. La vie étant la vie, il arrive cependant que le procédé échoue. Des bêtes qui ont vêlé à quelques reprises déjà paraissent tout à coup stériles. De telles bêtes, on les appelle anneillères.

Bonté III était anneillère. L'inséminateur était venu plusieurs fois. En vain. Mois après mois, les signes d'ovulation revenaient — les mêmes signes que chez tous les animaux : sa vulve était enflée et un mucus clair s'en écoulait. Conclusion : il y avait ovulation, mais aucun embryon ne se développait dans son utérus.

Bonté III avait cinq ans. À cet âge, une vache est d'ordinaire à son meilleur. *Meilleur* est un terme comptable. Une ferme laitière est une entreprise et doit être gérée comme telle. De ce point de vue, les jours de Bonté III étaient comptés. *Compté* n'était pas un vain mot. Elle avait été une très bonne représentante de sa lignée. Une vache n'a pas à essayer d'être une vache. Sa vie est celle d'une vache : un cycle obligé. Un cycle qui se prête facilement aux additions et soustractions comptables. Elle mange. Elle boit. Elle rumine. Elle pisse. Elle chie. Tout cela coûte tant. Elle ovule. Elle porte un petit. Elle met bas. Elle fabrique du lait. Tout cela rapporte tant.

Francis était éleveur de vaches. Il en trayait matin et soir une quarantaine comme Bonté III. Il leur procurait le boire et le manger. Il ramassait leurs déjections et les répandait dans les champs. Au besoin, il appelait le vétérinaire et il achetait le sperme congelé de l'inséminateur. Il avait fait tout cela pour Bonté III, comme il l'avait fait pour sa mère Bonté II et sa grand-mère Bonté I, en retour de leur lait. Donnant, donnant. La seule chose à faire maintenant pour Bonté III était d'appeler le boucher.

Parce que c'est ça qui est ça, pensa Francis.

Il piqua la fourche dans une galette de foin. Il s'avança et poussa la galette d'un geste habile sous le museau de Bonté III. Le foin sentait bon l'herbe verte et la poussière des prairies.

À moins que…

Il piqua la fourche dans une autre galette de foin et s'avança.

Quand toutes les vaches eurent reçu leur ration, Francis reposa la fourche. Il prit un seau de plastique propre et y versa de la poudre de lait et de l'eau. Le train achevait.

Les bêtes d'élevage occupaient une autre partie de l'étable. Francis approcha le seau de poudre de lait délayée de la gueule du plus jeune. Il était né quatre jours plus tôt et, maintenant qu'il avait bu le colostrum de sa mère, il arrivait déjà à l'étape du sevrage. Francis trempa un doigt dans le lait et mit ensuite son doigt dans la gueule du veau. Le veau téta le doigt en donnant en vain des coups de tête sur un pis imaginaire. Patiemment, Francis attira la gueule du veau dans le seau. Bois! dit-il. Bois! Le veau lâcha le doigt et leva le museau. Il avait des yeux tristes et nuls. Parfois, il fallait quelques jours pour transformer le réflexe de succion en réflexe d'avaler le liquide à grandes lampées. Bois! Bois, niaiseux! Francis retira son doigt et d'un mouvement brusque plongea la gueule du veau dans le seau. Le veau s'ébroua et beugla. Ils recommencèrent. Quand il eut bu jusqu'au fond du seau, ses yeux devinrent calmes et chauds.

C'était une génisse. Un mâle aurait été, dès les premières heures, expédié à un repreneur qui l'aurait engraissé pour la boucherie.

Les autres génisses étaient âgées entre une semaine et un mois. Passé un mois, les veaux avaient tout oublié des mamelles de leur mère et mangeaient de la moulée et du foin sec comme les autres bêtes de l'étable.

Francis éteignit les lumières et laissa la radio jouer à plein volume. Passant derrière Bonté III, il lui regarda la vulve. La faire abattre lui coûtait. Par sa mère et par son père, elle était issue d'une lignée de championnes. Des grosses et grandes bêtes de conformation parfaite et à la robe presque toute blanche. Sans aller jusqu'à proclamer haut et fort qu'il aimait ses vaches, Francis pouvait se vanter de prendre grand soin d'elles. Le rendement laitier de Bonté III lui avait apporté beaucoup de fierté et la fierté d'un vacher était une denrée rare.

Mais bon, c'est ça qui est ça, se redit-il.

Il avait déjà la cigarette à la bouche et il l'alluma aussitôt la porte franchie. Il s'était levé à cinq heures trente et la hauteur du soleil lui indiquait qu'il passait huit heures. Son estomac gargouillait. La cigarette lui donnait d'agréables vertiges. Il s'appuya au mur. Tout en continuant de fumer et de réfléchir au sort de Bonté III, il inspecta ses vêtements. Quelques brins de foin ou de paille s'étaient accrochés à sa veste, mais dans l'ensemble il lui sembla que sa tenue échappait à toute critique. Après tout, il travaillait dans la merde des heures de temps. Certaines journées, il en avait pour ainsi dire jusqu'en dessous des bras. Même après une longue douche et un déluge de savon, il sentait — il sentait la vache comme s'il avait lui-même fait partie du troupeau.

Au-delà de la rivière, le soleil faisait fondre les derniers tas de neige. Comme il se dirigeait vers la maison, Francis entendit les premières outardes du printemps. Ah honk. Ah honk. Ah honk. Une main en auvent devant les yeux, il chercha haut dans les airs la formation en V. La volée se dirigeait vers le nord. On aurait dit un seul oiseau en pièces détachées se mouvant avec un bel ensemble.

C'est quelque chose, pensa Francis, vraiment quelque chose.

Il regarda longtemps. Trois fois, l'oiseau de tête se déporta vers la gauche et fut remplacé par celui qui suivait. Ah honk. Ah honk. Ah honk.

C'est quelque chose, vraiment quelque chose que d'aller d'un bout à l'autre des Amériques juste pour forniquer et ensuite élever une couvée.

Francis n'avait jamais quitté ses vaches et ses champs. Il n'avait jamais voyagé. Il n'avait jamais dormi ailleurs que dans son lit, sur une balle de foin dans l'étable en attendant un vêlage, parfois sur la galerie, l'été. Quand son père était mort subitement sur son tracteur à l'âge de trente-neuf ans, Francis avait compris qu'il ne partirait pas. Ses voyages, il les empruntait aux oiseaux migrateurs. Il prenait son tour à la tête de la volée. Il picossait dans les herbages d'une baissière. Le cou raide comme une barre, il faisait le guet. Il dormait la tête sous l'aile. Il cacardait. L'être de fiction, c'était lui-même.

Ah honk. Ah honk. Ah honk.

La volée se rétrécit lentement et disparut. Dans l'air frais du matin, Francis resta longtemps à écouter les cris rauques.

*

Une fois son déjeuner avalé, Francis alluma sa deuxième cigarette de la journée. Il la garda longtemps entre ses lèvres tout en réfléchissant au sort de Bonté III.

Toutes les vaches étaient couchées quand Francis retourna à l'étable. Il s'approcha de Bonté III et la fit se lever. C'est ça qui est ça, dit-il de sa voix bienveillante. Elle s'attendait à ce qu'il lui donne une poignée de moulée et il lui en donna une. Elle mangea au creux de sa main et se recoucha aussitôt. Ton règne achève, dit-il en s'éloignant pour téléphoner au boucher.

Une fois le train fini, Francis alluma sa troisième cigarette.

Il se dirigeait vers la grande remise quand une nuée d'outardes survola la ferme avant de se poser au bord de la rivière. Il les regarda picosser dans la boue.

Une ferme était un spectacle continu. Il y avait le ciel. Il y avait les vaches. Il y avait les chiens et les chats. Il y avait les outardes. Il y avait les pigeons. Il y avait les moineaux. Il y avait les fermiers eux-mêmes qui, dès les premiers beaux jours de printemps, sortaient leurs tracteurs et leur machinerie pour les ranger à la vue le long des hangars et des remises.

À midi, Francis rentra dîner. Sa mère l'accueillit comme d'habitude. Ils mangèrent sans rien dire. Francis alluma ensuite sa quatrième cigarette, debout à la fenêtre. Il se disait que le ciel et la terre ne faisaient qu'un. Une même face. Une même farce.

Il s'étendit quelques minutes directement sur le plancher du séjour, près de la prise d'air de la fournaise, et fit un petit somme comme d'habitude. Après, il sortit avec sa gabardine sur l'épaule.

Le ciel et la terre ne faisaient toujours qu'un. Il brancha un boyau et lava les tracteurs et la machinerie à la laveuse à pression. Pendant qu'ils séchaient au soleil, il fuma une cigarette en regardant le ciel et la terre.

C'était immanquable. À force de regarder ainsi, il finissait par se poser des questions. Des questions qui, aussitôt posées, se délitaient tout aussi vite que la fumée de ses cigarettes.

Comment l'air et les astres au fond du ciel étaient-ils devenus le royaume de Dieu ? Il y avait forcément une histoire de Dieu, une chronologie extraordinairement ordinaire. Jamais personne, jamais un livre ne lui avait raconté une telle histoire. Tout n'avait-il pas une histoire ? Du plus grand au plus insignifiant ? Même une vache avait son histoire.

Il avait entendu, quelque part à la radio, des gens instruits dire que Dieu était mort. Ils n'avaient pas donné de détails. L'important, pour eux, semblait ailleurs. Francis n'avait pas tout compris. Une question, cependant, le chicotait. Elle concernait justement la mort. Il se mettait à la place des premiers hommes, pris dans leurs cavernes avec le cadavre pourrissant d'un parent, d'un enfant, d'un ami. Que faire ? Comment disposer d'un parent, d'un enfant, d'un ami, du lien immatériel qui naissait dans le cœur et survivait à la décomposition de la chair ?

Il était quatre heures quand Francis vit enfin le camion déboucher de la montée. Son visage s'anima et il écrasa sa cigarette. Le chauffeur ralentit et baissa la vitre. Francis, c'est où ? demanda-t-il. Francis pointa le ciel et les bâtiments.

C'est ici !

Il guida la manœuvre du camion jusqu'à la porte de l'étable. Le chauffeur descendit, baissa la passerelle de chargement. Francis détacha Bonté III. Elle le suivit docilement. Il grimpa dans la boîte du camion et elle grimpa avec lui. Il l'attacha et lui donna une taloche affectueuse. Sa grosse tête frisottée se tourna et dans ses yeux grands comme des soucoupes, Francis vit défiler une série de questions. Le genre de questions qui ne se trouvent pas dans un quiz. Parce que c'est ça qui est ça, répondit-il.

*

La semaine suivante, le travail dans les champs s'ajouta aux soins aux vaches. Francis arrêta le tracteur. Il se sentait hébété. Il se sentait seul. En cinq jours, il n'avait dormi qu'une vingtaine d'heures.

La chaleur ondoyait à l'horizon. L'air était bleu comme le feu d'une torche. Il y avait des mirages. Beaucoup. Des arbres changeaient de place. Le ciel secouait la terre, qui tremblait.

Quand Francis tourna la clé et coupa le contact, un silence fortissimo se jeta sur lui. Il ferma et rouvrit les yeux plusieurs fois. La berlue. Des gens marchaient là, devant, dans la poussière qui vibrait et tourbillonnait. Plein de gens. Une foule. Des hommes et des femmes et des enfants. Ils avançaient comme les nuages que le vent pousse et qui n'ont connaissance d'autre destination que le silence. D'où venaient-ils ?

Il n'avait pourtant rien bu. Rien fumé. Ces gens marchaient dans une sorte de flux instable. Ils marchaient l'un dans l'autre, se dédoublaient, et, à la fin, ne semblaient pas avoir avancé d'un pas. Barrés là, pensa Francis. Comme si rien de bon ne les attendait. Peut-être pas encore morts pour de vrai, mais proches de crever. Des poqués ?

On appelle ça des spectres, pensa Francis, qui ouvrait et fermait les yeux, se laissant porter par le phénomène optique. Combien étaient-ils ? Au moins autant que la masse de feuilles dans le grand tilleul là-bas. Et paquetés aussi serré. Jamais vu autant de monde sur une si petite surface. Impossible de distinguer qui était qui. Des visages. Des bras. Des jambes. Des ventres. Des seins. Des yeux bien trop grands, avec des cernes jusqu'à terre. Francis se demanda ce qui pouvait bien être en train d'advenir dans le monde pour qu'une armée spectrale envahisse les champs de Napierville. Depuis quand n'avait-il pas regardé le bulletin de nouvelles à la télévision ni feuilleté un journal ? Pas une minute à lui.

Il passa en revue les lointaines contrées dernièrement déchirées par la guerre et où il n'avait jamais mis les pieds. Curieux comme Napierville avait su éviter les brutalités du monde, sauf pendant la brève période de 1837-1838. À l'échelle de la violence, telle qu'elle était racontée dans les en-têtes des journaux, il n'était jamais rien arrivé à Napierville. Absolument rien. Sauf deux pendus au Pied-du-Courant à Montréal et une douzaine d'exilés en Australie — les noms étaient gravés sur une pierre au milieu du village, à la pointe des Patriotes. Un détail dans l'histoire. Un détail dans la géographie. Un trou dans l'actualité. Quoique s'il n'y avait pas d'histoire forte au sujet de Napierville, il y avait une longue chronique d'occupation du sol. Des gens vivaient ici depuis très longtemps en arrière. Ceux que les colons, arrivés par bateau, avaient appelés les Maudits Sauvages avaient tout probablement défriché et cultivé à leur manière une bonne partie de l'Amérique avant que l'Europe ne mette la main dessus. Le continent ne figurant sur aucune carte officielle des royaumes européens, les droits de propriété des Maudits Sauvages en question avaient été frappés de nullité. De toute façon, la variole s'était vite occupée de clairer la place, épargnant les frais d'une conquête militaire en bonne et due forme. Pas de guerre à Napierville. Pas de génocide. Pas d'ennemis. Pas de malheurs. Et pas de mémoire. Ben non. Les manuels proposaient 1837-1838 comme date d'un possible soulèvement populaire. Et encore, ce n'était pas clair. Armes et billets de banque s'étaient retrouvés tous du même côté. Les protestataires avaient pris une méchante débarque. Leur idée d'une république du Bas-Canada s'était vite aplatie.

Côté catastrophes naturelles, rien non plus. Pas de volcans. Pas d'ouragans. Pas de tremblements de terre dévastateurs. Parfois, il pleuvait trop. D'autres fois, pas assez. L'un dans l'autre, les cultivateurs y trouvaient leur profit depuis deux siècles. Un petit éden sur toute la ligne. Juste assez de chaleur pour deux récoltes de fourrage et une de céréales. Juste assez de froid pour se sentir les os et vite s'encabaner et regarder la télévision ou disparaître en Floride.

Francis ressentit une brusque envie d'ajouter son grain de sel. Il se secoua. Les spectres se décomposèrent. Il n'y avait plus personne. Le trou perdu des champs. Tout se jouait maintenant entre lui, le ciel brûlant et la terre cultivée. Il descendit du tracteur et se dirigea vers la butte rocheuse en bordure du fossé de ligne. Ça lui arrivait parfois quand il baignait dans trop de solitude : une envie subite de s'adresser aux Napiervillois et, à travers eux, à l'humanité entière. Les spectres. Les non-spectres. Hommes. Femmes. Enfants. Il les convoquait et s'adressait à eux par-dessus la haute épaule des faiseurs de discours professionnels.

Histoire ou pas, mémoire ou pas, Napierville ou pas, les problèmes à résoudre étaient nombreux. Chacun, ici-bas, avait les siens propres, mais on pouvait les réduire à quelques-uns. C'était faisable.

Très grand nombre de pauvres qui voulaient se défaire d'un tout petit nombre de riches.

Très petit nombre de riches qui voulaient se défaire du très grand nombre de pauvres.

Masse des capitaux.

Institutions occultes et non occultes par lesquelles transitaient les capitaux.

Prêteurs de premier rang, de deuxième rang, de troisième rang.

Taux de rendement interne.

Croissance négative.

Rien que des affaires simples, mais qui montraient que l'argent était doté d'un extraordinaire pouvoir d'organisation. Absolument. Bien plus que l'urne de la démocratie.

Francis grimpa sur la butte. Il avait la chienne. Il prit une dernière *puff* de cigarette. Il ôta sa casquette. Il regarda au loin et ouvrit grand les bras. Qu'ils me traitent de fou, pensa-t-il.

C'était une première. Jamais personne n'avait fait de discours sur cette butte. Chers concitoyens, commença Francis.

Sa voix avait foiré. À peine s'il avait articulé une syllabe. Il se reprit. Chers concitoyens, concitoyennes, je me présente, je m'appelle Francis, ouais.

Voilà, il avait trouvé. Il s'était nommé. Le vide était comblé. Le silence renversé. Il sourit. Il regarda autour de lui la terre émottée par les herses et plus loin les quelques boqueteaux laissés par les ancêtres défricheurs.

Vous m'entendez ? Vous m'entendez là-bas ? En Chine ? À Honolulu ? À Conakry ? À Atlanta ? À Terrebonne ? À Paris ?

C'était une première, sûr et certain. Quelque chose s'était mis en branle, quelque chose de vague encore, de tordu peut-être, mais de vrai.

N'était-ce pas la sienne, cette voix qui portait si loin ? Il n'avait jamais parlé si fort. Pas crié, *parlé*. Ça donnait le frisson. Tous ces absents à qui il s'adressait, ces morts que les mots rejoignaient, ces isolés qui cherchaient de la compagnie, un carrefour dans les airs, comme un prolongement de lui-même, de nombreux autres lui-même, ça faisait une cohue tout autour.

Francis fit un pas en avant. Il redressa la tête. Ses mains s'agitèrent. Curieux comme tout à coup il se sentait à bout de souffle, et perdu, complètement perdu chez lui. Parler, parler à une foule, n'était pas donné à tout le monde, supposa-t-il. Parler tout court non plus. Un homme, dans un champ, ce n'était jamais plus qu'un homme dans un champ. Un homme et une femme dans un champ, c'était un couple. Alors qu'en ce moment, c'était du jamais vu, un homme tout seul, un champ, le monde entier. La célèbre énigme du bruit que fait l'arbre qui tombe dans la forêt où il n'y a personne pour entendre l'arbre se fracasser au sol. À la différence que, cette fois-ci, l'arbre était un homme et qu'il ne tombait pas. Il parlait. Les mots scintillaient, puis s'envolaient au-dessus des mottes de terre toutes fraîches. Merveilleux.

Francis se tut. Il écouta. Regarda. L'espace avait gagné. Là-bas, le vent agitait les branches et retournait les feuilles. Des mouvements d'air aspirant soulevaient des sorcières de poussière. Il faisait un temps superbe. Une de ces journées comme la mémoire aime les épingler pour en faire des souvenirs de temps heureux.

Une vision en entraînant une autre, Francis se vit enfant, étendu de tout son long dans le trèfle et le pissenlit, le regard au ciel. Une vision douce. Il est en culottes courtes. Il a amené avec lui ses deux frères. Ils sont étendus eux aussi dans le trèfle et le pissenlit. Ils ricanent tous les trois parce que l'herbe picote leurs jambes et leur bras nus. Ils écrasent dans leurs mains des capitules de trèfle et de pissenlit pour en extraire les odeurs. Parfois, ils se lèvent, courent, se laissent tomber et roulent dans l'herbe comme des ours. Des enfants entre eux. Une autre époque. Francis ne savait pas pour ses frères, mais des visions comme celle-là, une vie n'en accordait pas des masses. À moins d'être un artiste et d'en créer sur mesure avec un pinceau et des couleurs. Des visions qui allaient loin en arrière, là où la conscience n'a jamais accès, mais qui, paradoxalement, se révélaient être la substance même de la conscience, sa mise au monde, tout comme, sur les tableaux des grands peintres, ces taches noires qui ne sont pas des taches mais de la lumière.

Francis tourna la tête dans toutes les directions. Il se passait ce qui se passait habituellement dans un champ : rien, rien que l'irréversibilité du jour et des saisons. La foule convoquée par un fou seul dans son champ avait disparu. Pas grave. Il n'y avait jamais eu ni fou ni foule. Juste un homme seul.

Voilà. J'ai tout dit ce que j'avais à dire. Merci de m'avoir écouté.

Il referma les bras. Il remonta sur son tracteur. Il embraya. Curieux comme il se sentait fatigué, fatigué resté. Sa main tremblait. Elle tremblait beaucoup trop. Francis décida que les travaux des champs pouvaient attendre. Il redescendit du tracteur et détacha la herse. Il remonta et embraya en grande pour rentrer à la maison.

Il entra dans sa chambre et en ressortit avec une pile de linge propre. Il se déshabilla dans la salle de bains. Il tourna à fond les deux manettes du robinet de la douche. Quand la vapeur commença à dégouliner sur le miroir de la pharmacie, il sortit de la douche, ragaillardi.

Il mit une cravate et un veston. À l'étage, dans un recoin converti en bureau, il alluma l'ordinateur, installa l'appareil photo sur le rebord de la fenêtre.

Ce n'était pas tous les jours que du travail dans les champs sortait autre chose que de la fatigue. Francis eut le sentiment que sa vie se plaçait. Dans sa tête, il se voyait placarder une affiche sur tous les poteaux au village. Quelques mois plus tard, il se rendait chez le notaire avec la femme qui voudrait bien s'installer avec lui à la maison, l'accompagner à l'étable nourrir les veaux, peut-être même conduire le tracteur dans les champs. Pour la bagatelle, il ne ferait pas son difficile. Ça ne pouvait pas être pire qu'en ce moment.

Pendant que l'ordinateur s'allumait, il se planta devant l'appareil photo. Il prit cinq poses. Il les transféra à l'ordi, en choisit une, composa l'affiche.

cinq pieds neuf pouces
160 livres
32 ans
homme cherche femme
laissez un message à la ferme
Francis

2

À Napierville, l'école primaire est située au milieu du village, à mi-chemin entre la pointe des Patriotes et l'aréna. La directrice, Aline, posa sa tasse de café dessus le pigeonnier dans le hall et déverrouilla les lourdes portes donnant sur la cour.

Un premier autobus amenant les élèves des rangs s'immobilisa à la lisière du terrain de soccer. Les voitures des professeurs arrivaient à la file. Les élèves se dispersaient, se rassemblaient. Les plus vieux avaient amené leur planche à roulettes et s'élançaient dans la cour, à l'encontre du règlement. L'année scolaire achevait. Sans doute rêvaient-ils de vacances et d'acrobaties.

La cloche appela à former les rangs. Venant des rives boisées de la rivière, une mouette criarde fondit à travers les peupliers squelettiques.

Le deuxième appel de la cloche retentit.

Il était neuf heures quand la secrétaire, Margie, apporta à Aline le relevé des absences.

Toujours les mêmes?

Oui et non. Il y a le Petit qui est absent pour la troisième journée.

Aline demanda à Margie si elle avait téléphoné.

Oui oui : personne, comme d'habitude.

Trois jours de suite?

Et la semaine dernière aussi.

Margie se versa une tasse de café et s'en fut. Plus tard, elle apporta le courrier. Aline téléphona elle-même chez le Petit. Elle laissa sonner dix coups et raccrocha.

Debout à la fenêtre, observant du coin de l'œil d'autres mouettes criardes, elle passa en revue les options qui s'offraient à une directrice d'école en cas d'absence marquée d'un élève.

Elle pouvait — solution un — alerter les services sociaux.

Elle pouvait — solution deux — s'en occuper elle-même : se rendre à l'adresse indiquée, questionner les voisins, parler à la mère.

Elle pouvait — solution qui n'en était pas une — ne rien faire.

La loi disait que la fréquentation scolaire était obligatoire et que son application incombait aux parents ou aux tuteurs. La loi était-elle parfaite? Aline en était à sa trente-huitième année dans ce qu'on appelait maintenant le milieu de l'enseignement. Le dogmatisme n'avait jamais été son fort. Elle se voulait une optimiste. Les choses, souvent, s'arrangeaient d'elles-mêmes. D'autres fois, non.

Le Petit bégayait. Les autres élèves se moquaient de lui. Il aurait fallu consulter une orthophoniste. L'école n'en disposait pas. La mère vivait de petits contrats de peinture et n'avait pas d'argent.

Aline avait rencontré la mère du Petit au moins une dizaine de fois depuis septembre. Quelqu'un comme il y en avait peu. Une indépendante qui semblait avoir entrepris de débarrasser son prochain de son habituelle cupidité. Une spéciale. Mais pas une nounoune, loin de là.

*

La mère du Petit s'appelait Graziella. Onze ans auparavant, elle travaillait encore dans une banque à Montréal. Elle y avait été engagée à dix-sept ans. Une semaine n'avait pas passé quand elle avait été victime de son premier vol à main armée. Deux hommes, le visage déformé par un bas de nylon, étaient entrés en tempêtant comme des malades. Arrivés près des guichets, ils n'avaient pas eu l'air de savoir trop trop quoi faire, à part pointer en l'air ce qui ressemblait à des outils graisseux de mécanicien. Une caissière senior qui avait l'expérience de ce genre de transactions expéditives avait rapidement vidé le contenu de son tiroir dans un sac en tissu et avait poussé le sac devant elle. Derrière son guichet, Grazie avait fait pareil. Calmées, les deux crapules étaient ressorties en brandissant les sacs.

Comme toujours lors de tels crimes qualifiés par les directeurs de banque et les compagnies d'assurance d'accidents de travail, les victimes avaient été rencontrées par un psy.

Attendant son tour dans le couloir — elle était la dernière engagée — Graziella comptait. Elle comptait le produit du vol. Elle comptait que quatre-vingt-dix-neuf fois sur cent, les voleurs étaient des hommes. Elle comptait que quatre-vingt-dix-neuf fois sur cent, les victimes étaient des femmes. Elle comptait que derrière les portes capitonnées des bureaux des banques, cent pour cent des gérants et des administrateurs de ci et de ça étaient des hommes. Elle comptait que les membres du CA et les actionnaires présents aux assemblées annuelles étaient des hommes.

Le psy lui-même était un homme. Grazie l'ajouta à ses statistiques.

Mais ce n'était pas de statistiques dont le psy voulait entendre parler. Il voulait que Grazie lui raconte, là là maintenant, comment elle se sentait. Il voulait qu'elle lui raconte comment elle s'était sentie en voyant entrer les hommes hurleurs, masqués, armés. À quoi avait-elle pensé ? Avait-elle eu peur ? Sur une portée de zéro à dix, où situait-elle sa peur ? Comment avait-elle réagi ? Comment réagirait-elle la prochaine fois ? Avait-elle fait des cauchemars ? Craignait-elle d'en faire ? Comment, encore une fois, là là devant lui, se sentait-elle ?

Des questions qui ne faisaient pas mal, mais auxquelles Grazie ne répondit pas. En elle-même, elle se disait qu'elle avait été victime de l'argent et que maintenant elle était victime de la psychologie. Une victime était mieux de ne rien dire. On ne sait jamais. De toute façon, le psy parlait. Il suggérait des réponses, comme le fait un prof face à un élève qui n'a pas appris sa leçon. Les mots qui sortaient de sa bouche n'avaient rien à voir avec l'argent. La seule chose que Grazie avait envie de dire au psy, c'était qu'il utilisait des mots très très mêlants. Elle le soupçonnait de truquer la réalité.

Dans l'évaluation confidentielle remise à son employeur, ce dernier avait noté que la dénommée Graziella semblait quelqu'un qu'on n'effrayait pas facilement.

À la suite d'un vol, la banque libérait ses employés quelques heures. Le lendemain était une autre journée. Graziella rentra au travail comme d'habitude.

Un mois avait passé quand d'autres voleurs — ou les mêmes — s'étaient présentés en sauvages avec leur déguisement et leur arme pour faire peur aux caissières en criant : les mains en l'air, les mains en l'air, les mains en l'air. L'argent, le grand pacificateur, avait encore une fois été mis dans des sacs et poussé devant les voleurs.

Après le départ des policiers, les mêmes, un psy, le même, avait rencontré Graziella. Il l'avait fait asseoir dans le même fauteuil. Répété les mêmes questions. Constaté le même mutisme.

Obligé de remettre une évaluation à ses employeurs, il avait cherché un mot pour rendre compte de l'attitude de la jeune femme. Il avait cherché longtemps dans la typologie des maladies mentales. Le problème, avec Graziella, c'était qu'elle était l'archétype de toutes les caissières. Une de ces jeunes femmes entre seize et vingt-cinq ans qui défilaient derrière les guichets de banque depuis qu'il était plus rentable pour les banquiers d'employer des jeunes femmes plutôt que des hommes. Graziella aimait les ongles rutilants. Elle était habillée avec soin. Elle se maquillait et se coiffait avec juste ce qu'il faut d'outrance pour attirer le regard des commis comptables parmi lesquels elle allait choisir un mari, tout en respectant le code vestimentaire neutre imposé par les banquiers à leurs employés. Les hommes la trouvaient jolie.

Et après ? s'était demandé le psy.

Son savoir et son expérience lui disaient qu'il y avait forcément une faille derrière l'enveloppe de maquillage et de vêtements, mais quoi ? Ne pouvant compter sur aucune manifestation verbale spontanée, il avait cherché par les habituelles voies détournées le petit détail significatif.

Le regard. Qu'y avait-il dans ces yeux bleu très pâle ? Fierté ? Arrogance ? Froideur ? Sûrement pas de la panique.

La gestuelle. Que pouvait signifier cette façon de pencher la tête de côté quand il s'adressait à elle ? Dans cette façon de porter les mains à sa coiffure au moment d'entrer dans le bureau? Dans ce remuement à vide de la mâchoire? Rien. Rien qui confirme ou infirme quelque état d'âme que ce soit.

La posture. Tête inclinée toujours sur le même côté, le droit, comme un chat sourd d'une oreille. Jambes croisées bas : la gauche devant la droite. Le bras — le droit — passait sous les seins — petits seins pointus et torse solide — tandis que le gauche, coude en appui sur la main droite ouverte, remontait à la verticale pour rejoindre le menton. La pose des gens toujours prêts à se lever de leur chaise pour s'en aller.

Il se plaisait souvent à répéter cette formule fourre-tout : le diable est dans les détails, et il chercha encore. Le petit doigt. Le petit doigt de chaque main. Il paraissait curieusement long — plus long que l'annuaire. Une malformation bénigne, mais, qui sait, pouvait en cacher d'autres. Le très grand soin apporté à remonter les longs cheveux sur la nuque pour former un chignon tenu par un large peigne clinquant couleur bronze. La lourde montre d'homme qui ballait au poignet. Le gros bijou de métal brossé en forme de cœur qui couvrait le manubrium.

À l'université, on lui avait appris qu'un psychologue se trouve souvent dans la situation de celui qui se fait des idées et se raconte des histoires. Des idées toutes faites. Des histoires idoines.

Mieux valait laisser tomber.

Ce qu'il avait finalement fait, notant dans son rapport ce qu'il notait quand il ne savait pas quoi dire et tenait quand même à avoir le dernier mot : individu à surveiller.

*

Tout en travaillant aux guichets cinq jours par semaine, Grazie avait suivi des cours du soir. Son DEC en administration complété, elle avait tout naturellement postulé à un poste de professionnel et intégré le service des prêts aux entreprises.

On ne la voyait plus à Napierville. Plus personne n'avait de ses nouvelles. Était-elle mariée? Accotée? Des enfants? Il en avait toujours été ainsi depuis que les villes créaient de la richesse : les jeunes, ceux qui n'avaient pas la chance ou l'occasion de gagner leur vie dans leur patelin, quittaient leur famille et leurs amis et plus personne n'avait de nouvelles d'eux jusqu'au jour où leur nom, leur prénom et leur photo se retrouvaient en dernière page des annonces des journaux. Seules quelques vieilles personnes, alors, se souvenaient des jeunes rêveurs qu'ils avaient été.

Dans un anonyme bureau insonorisé, Grazie poursuivait une carrière au service de l'argent comme en offrent les banques. Elle comptait. Elle démarchait des clients. Elle s'habillait avec le plus grand soin. Elle se maquillait. Elle se colorait les ongles. Des hommes qui la croisaient dans le métro ou avaient affaire à elle dans son bureau insonorisé la trouvaient jolie, attirante. À huit heures moins dix, chaque matin, elle prenait l'ascenseur. À huit heures pile, elle s'installait devant une pile de dossiers et un bol de café. Les minutes passaient. Les années passaient. Les profits de la banque augmentaient, répartis entre actionnaires et hauts dirigeants.

Puis, un jour, le délicat équilibre Grazie/argent s'était rompu. Aucun signe avant-coureur. Aucun avertissement. La crise. Pourquoi? Que s'était-il passé que les plus fins analystes financiers avaient été incapables de prévoir?

Il y avait trois semaines que personne ne l'avait vue. Au Service de Sécurité, un certain Charles avait été chargé de résoudre le mystère. Il avait téléphoné. Il avait laissé message par-dessus message. Un mois avait passé. Des réunions avaient été convoquées. Des généralités sur l'ingratitude et la trahison avaient été proférées. D'autres, du genre : on ne sait jamais à qui on a affaire. Dépression? Déflation? Stagflation? Surmenage? Fraude? Des vérifications comptables avaient été mises en œuvre. Une procédure de congédiement avait été mise en œuvre. Les banques ne s'avouant que difficilement vaincues, le Service de Sécurité avait alors mis en branle une enquête approfondie.

Quelques mois auparavant, la banque avait octroyé à Grazie l'avantageux prêt hypothécaire qu'elle réservait à ses employés et celle-ci avait acheté un quatre pièces dans un immeuble à condo avec vue sur le Jardin botanique. Le dénommé Charles tentait de crocheter la serrure quand il avait été surpris par un employé de la compagnie de câble. Celui-ci avait aussitôt composé le 911 et Charles avait dû déguerpir.

Un de ses confrères était revenu quelques jours plus tard. Avant de crocheter la serrure, il avait interrogé les voisins. Tous la connaissaient de vue. Tous la saluaient. Quant à savoir quel jour on l'avait vue la dernière fois, personne n'avait de certitude. Elle partait le matin. Elle rentrait le soir. Ce qu'elle faisait du temps qu'elle ne vendait pas à la banque, personne ne le savait. Une voisine sans histoire. Au point où la plupart découvraient avec étonnement qu'ils ne l'avaient pas vue depuis un bon moment. La confusion et l'indifférence propres à l'anonymat urbain plutôt qu'une disparition.

Le deuxième enquêteur avait crocheté la serrure sans se faire prendre. Ce qu'il avait vu correspondait à l'image qu'on avait de Grazie à la banque. Un appartement impeccablement tenu. Rien à la traîne. Les affaires de cuisine avec les affaires de cuisine et les affaires de chambre à coucher dans les commodes en frêne blanc de la chambre à coucher. Des planchers propres. Des magazines ouverts. Du linge sale dans le panier, comme si Grazie habitait toujours l'appartement et n'avait disparu que du monde de l'argent. Une douceâtre odeur de fruits pourris indiquait cependant que la poubelle n'avait pas été vidée depuis un bon moment. Dans le salon, sur la petite table devant la fenêtre, un bouquet fané. Sur les murs, rompant la neutralité du blanc, plusieurs photos attestant qu'il y avait une famille quelque part. Il y avait aussi deux tableaux, des vrais, indiquant que Grazie avait fréquenté les galeries d'art. L'inspecteur s'approcha, lut le nom des artistes, conclut que si Grazie avait eu les moyens d'accrocher des tableaux sur les murs, elle n'avait toutefois pas eu les moyens d'un nom sur les tableaux.

Seule trace d'une quelconque vie sociale, des condoms dans leur sachet et les sachets en vrac dans le tiroir de la table de nuit. Bizarre bizarre, avait pensé l'enquêteur : vouloir disparaître pour mener une autre existence, n'était-ce pas la première chose à emporter ? Dans les penderies, des vêtements accrochés à des cintres, des tailleurs, des petites robes, des vestes, des manteaux.

De retour à son bureau, l'enquêteur avait épluché les derniers mois de transactions du compte chèques et du compte d'épargne. Grazie dépensait ce qu'elle gagnait. Que des paiements préautorisés.

Devant cette impasse, l'enquêteur avait alors contacté le poste de police du quartier. Une rencontre avait eu lieu avec le service des personnes disparues. Un dossier avait été ouvert et un signalement communiqué aux patrouilleurs et aux employés de la morgue. Rien de plus qu'une recherche sur papier. Les gens avaient encore le droit de disparaître. Du moins aucune loi ne l'empêchait. Quant à l'appartement en condo avec vue sur le Jardin botanique, les lois donnaient à la banque le droit d'en reprendre possession.

*

Ceux de Napierville ne savaient rien de tout cela. Pour eux, Graziella était de retour après un éloignement de quelques années. Une Graziella transformée, mais reconnaissable. T'étais où ? lui avaient-ils demandé.

L'été venait à peine de commencer. Heureusement. Car ils avaient constaté que Grazie dormait maintenant au grand air sur les bancs publics. À Napierville, il n'y avait pas de chicane pour les bancs publics : il n'y en avait que quelques-uns et ils se trouvaient devant le monument aux Patriotes. À part le fantôme de ces derniers, on n'avait encore jamais vu personne y passer la nuit.

Un éloignement de plusieurs années ne suffisait pas à expliquer le vagabondage ni les autres changements. Grazie ne relevait plus ses cheveux en chignon. Elle ne se colorait plus la bouche, les paupières, les ongles. Deux semaines après son arrivée, elle n'avait pas encore changé de jean et de chemise. Choquant. Pas d'allure.

Un désastre devait s'être produit. Quelque chose dont personne n'avait entendu parler et auquel Grazie n'avait échappé qu'en fuyant.

Quand elle ne dormait pas, elle se plantait à un endroit passant et quêtait. Là-dessus non plus, il n'y avait pas de chicane : la seule place assez fréquentée pour y solliciter des dons se trouvait au centre du village, un espace compris entre la Caisse populaire, l'épicerie Métro, le marchand de matériaux de construction et la Poste.

Un mois avait passé. La famille de Graziella avait fait ce qu'il fallait. Le CLSC avait fait ce qu'il fallait. La SQ aussi. Mais c'était une autre Graziella que celle qui avait laissé le souvenir d'une élève studieuse qui leur était revenue. Elle ne voulait rien savoir. Simplement ne rien savoir. Un choix clairement exprimé : achalez-moi pas.

Elle ne paraissait pourtant ni perturbée ni déprimée. Aucun propos négatif ou défaitiste ou suicidaire. Pas de gros mots. Pas de soliloque. Pas d'alcool. Pas de drogue. On aurait dit quelqu'un qui, tout en vivant parmi les autres, se refuse à être comme les autres et revendique une place à part.

Quand elle avait assez d'argent pour manger, elle quittait son banc à la pointe des Patriotes et aboutissait au restaurant Chez Gilles. Gilles la laissait s'asseoir au fond, derrière le présentoir des journaux, et lui servait le plat du jour. Elle mangeait, puis restait à feuilleter les journaux et à écouter les conversations. Pas un mot. Ou, si elle parlait, c'était la bouche fermée.

L'automne approchant, elle avait commencé à aller chez Gilles même quand elle n'avait pas d'argent pour le café ou le plat du jour. Gilles lui servait une poutine réchauffée et du thé. Quand il lui demandait de s'en aller, elle s'en allait.

Elle et lui s'entendaient plutôt bien. Il croyait la comprendre. C'est en dedans, disait-il à sa femme Jacinthe, entre elle et elle, un mauvais contact. Il montrait la poitrine, tandis que sa femme, elle, faisait la moue et montrait plutôt la tête, un bardeau qui manquait.

Gilles pensait à une histoire de cœur. Rien n'était aussi difficile à infléchir qu'une histoire de cœur. Le cœur était sur toutes les lèvres, dans toutes les vies, banal et fantasque. Que pouvait-il y avoir de plus précaire, de plus menacé de ruine?

Graziella avait son âge à lui. Il l'avait connue enfant sur les bancs d'école. Il l'avait vue devenir une jolie femme. Les beaux yeux attirants, elle les avait déjà à six ans. Les beaux cheveux blonds aussi. Pour Gilles, Grazie avait fait partie des très nombreuses jeunes femmes de Napierville et des environs qu'il aurait pu marier. Les circonstances avaient fait que Jacinthe s'était trouvée à un certain endroit à un certain moment et que ce qui avait été une rencontre d'un soir durait depuis quinze ans. Une histoire de cœur. Le sentiment de Gilles était que Grazie n'avait pas trouvé ce qu'elle méritait. Le destin avait foiré. Le destin avait ce pouvoir — le pouvoir de faire foirer ce que les êtres même les plus intrépides désiraient.

La courte période de temps chaud au Canada était achevée. L'école, le travail et la télévision occupaient le quotidien des familles. Les feuilles d'érable tournaient. Les journées rapetissaient. Dans peu de temps, il allait geler et les nuits sur un banc public allaient devenir insupportables. La famille fit à nouveau ce qu'il fallait. Le CLSC. La SQ. Grazie ne voulait rien savoir.

Puis Gilles et sa femme se rendirent compte qu'ils n'avaient pas vu Graziella depuis... depuis combien de jours? Le coup qu'elle avait fait à la banque, elle le refaisait à Napierville. Une semaine passa. Un mois.

Au restaurant, on ne parlait maintenant que de froid et de hockey. Les employés municipaux reçurent l'ordre d'installer les guirlandes de Noël le long des rues et à la pointe des Patriotes. Les commerces suivirent. Gilles installa dans la vitrine de son restaurant le bonhomme de Noël et les chandelles de plastique. Poursuivant sur sa lancée, il commença à offrir de la dinde à son menu du soir.

Ce jour-là, il avait préparé des fusillis. Sa femme Jacinthe avait servi les clients pressés et s'était aussitôt éclipsée : elle devait rendre visite à sa mère qui luttait contre un cancer du poumon. Gilles remplissait les assiettes et les portait lui-même aux tables. Un couple venait de s'installer à la table six et regardait par la fenêtre la neige tomber. Gilles s'était dit qu'il connaissait cette jolie femme. Trop occupé derrière les portes battantes de la cuisine, il n'avait pas porté attention quand elle était entrée. C'était Grazie. Une Grazie qui faisait semblant de ne pas le reconnaître. Une autre Grazie que celle qui ne voulait rien savoir. Une Grazie rayonnante.

Une année avait passé. Gilles aurait pu prédire ce qui allait arriver. Il connaissait Marquis. Il le connaissait mieux qu'il ne connaissait Graziella, ou même sa femme Jacinthe, en vertu de cette affinité primitive qui lie les hommes entre eux. Marquis était un spécial. Il savait y faire avec les femmes. Il était bon avec elles. Peu d'hommes les aimaient autant. C'était un sentimental. Un sentimental minute. Après seulement quelques mois, ses yeux cherchaient ailleurs et il ne revenait plus.

3

La directrice entra, suivie du Petit. La classe avait été divisée en petits groupes qui tournaient le dos à la porte et qui parlaient fort. Le Petit s'avança dans le brouhaha. Il posa son sac à dos sur son pupitre et ôta son blouson. Dessous, il portait un t-shirt rouge liséré de blanc, avec, dans le dos, le nom et le numéro d'un joueur de hockey. La directrice dit quelque chose à l'oreille de l'enseignante et l'enseignante dit quelque chose à l'oreille du Petit. Le Petit enleva sa casquette et la fourra sous le pupitre.

L'école avait adopté les approches jovialistes concoctées par les pédagogues du ministère de l'Éducation. Les élèves obtenaient leur diplôme comme ils jouaient, grandissaient, regardaient la télévision : pour ainsi dire à leur insu.

La leçon du jour portait sur l'accord capricieux du participe passé. Une leçon qui commençait à partir de la troisième et reviendrait année après année jusqu'à l'université. Chaque groupe avait reçu copie d'un texte contenant dix-huit participes et la tâche des élèves consistait à lire chaque phrase et à y débusquer les dix-huit formes verbales en question.

La directrice sortit et le Petit s'empressa de remettre sa casquette. Après avoir regardé autour de lui, il l'ôta. Sur le dos de ses mains et sur ses bras subsistaient des picots de peinture. L'enseignante se pencha pour être à la hauteur de son élève. Comment ça va ? demanda-t-elle. Le Petit ne savait pas trop s'il devait répondre. Il fit une moue boudeuse et entreprit de vider son sac à dos en le renversant. D'un coup de pied, il le poussa ensuite sous le pupitre. Apercevant sa casquette, il se pencha et s'en couvrit de nouveau.

L'enseignante approcha son visage de celui du Petit. Elle souriait, mais c'était un sourire figé indiquant qu'elle n'avait pas du tout envie de rire. Ôte ta casquette, dit-elle, tous les amis ôtent leur casquette en classe. Le Petit se dandina et grimaça. Ôte-moi ça, répéta l'enseignante.

Le Petit s'entêta et l'enseignante donna une pichenette sur la visière. La casquette tomba.

Déjà, l'enseignante regrettait. Il arrivait trop souvent ces derniers temps qu'elle perde patience. Tout comme il arrivait trop souvent qu'elle ne sache plus quoi dire ou quoi faire pour obtenir de ses élèves une oreille attentive. Enseigner se révélait mille fois plus ardu qu'elle se l'était imaginé à partir de son expérience plutôt heureuse d'élève. Elle se dépensait. Elle se désâmait. À la fin de la journée, elle était vidée. Plus le goût de rien. Elle rentrait à la maison et se demandait : quand est-ce que ça commence l'épuisement ? Elle se regardait dans le miroir et sa propre face ne lui revenait pas. Il y avait maintenant deux courtes rides au-dessus de son nez, une autre qui s'étirait sur toute la largeur du front : les rides d'un travail peu apprécié et mal payé.

Le Petit ramassa sa casquette et la remit sur sa tête sans s'occuper d'elle. Il fermait à demi les yeux et se tenait la nuque raide. On aurait dit une manière de tester la capacité de l'enseignante à poser le problème, à l'analyser, à le résoudre.

À sa grande surprise, il respira un grand coup, ôta sa casquette, rejoignit son groupe.

Puis la cloche fit *bzzz*, et, alors que la classe déferlait dans le couloir, le Petit prit tout son temps. Il rangea son crayon à sa place dans l'étui. Il rangea l'étui dans le pupitre. Il rangea le cahier de français avec les autres cahiers et le manuel de grammaire avec les autres manuels.

Toc ! le fermoir de son sac à dos. L'enseignante effaçait le tableau. Elle se retourna. Qu'est-ce que le Petit attendait pour décamper.

Il mangea seul à la cafétéria. Dehors, deux équipes s'étaient formées et avaient pris possession du ballon. Des lignes avaient été tracées sur l'asphalte et le jeu consistait à lancer le ballon le plus fort possible sur l'adversaire. Un jeu éminemment collectif et guerrier pour lequel le Petit démontrait encore moins d'aptitude que pour parler.

Sous le chaud soleil, il manqua s'endormir. Il se secoua et marcha. La surveillante avait le dos tourné et il en profita pour retourner en classe.

L'enseignante mangeait à sa tribune. Comme le Petit entrait, elle plissa les yeux. Il se rendit à son pupitre. Il ouvrit son sac à dos. Il regarda longtemps dedans, puis haussa les épaules. Tu as besoin de quelque chose? demanda l'enseignante. Ooouuui. Quoi? Je je je sssais pas…

Mieux valait ne pas insister.

Elle lui sourit, pour le mettre à l'aise. Il s'approcha. Il lui toucha doucement la main. Puis l'embrassa sur la bouche. Elle se retint de crier. Se retint de le frapper. Eeeexcccuse…

*

Plusieurs dizaines d'affiches avaient été placardées aux poteaux ici et là dans le village. Homme cherche femme. Graziella en avait détaché une et l'avait mise dans son sac tout en pensant : femme cherche homme.

Grimpée dans un escabeau avec un pinceau, elle se demandait qui était ce Francis. Napierville n'était pas si grand. Elle l'avait sûrement croisé à un moment ou l'autre, blond, yeux petits, col de chemise ouvert avec cravate mal nouée, l'air d'avoir passé la nuit sur la corde à linge.

Dehors, un oiseau chantait. Tttu en-entends? demanda le Petit, qui avait refusé de retourner à l'école. J'entends, dit Graziella. Cccommment iii s'aappelle? J'aimerais bien le savoir, mais je ne sais pas. Dddis dddis… Elle devina qu'il voulait un mot, n'importe lequel, comme si pour lui il y avait des mots récipients, qu'on pouvait remplir de merveilleux, comme des coffres à trésor. Viens avec moi, dit Graziella.

Ils sortirent sur le perron par la porte-fenêtre. En quelques jours, la lumière de mai avait redonné aux arbres leur somptuosité. Les feuilles à peine écloses miraient au soleil comme des pétales.

L'oiseau sans nom y allait de gazouillis de plus en plus développés. Oùoùoù ééé-t-il? Quelque part par là. Graziella désigna la frondaison fournie d'un érable à feuilles de frêne. Oùoùoù? Cherche!

Sans attendre, le Petit sauta en bas du perron et s'avança sur la terre boueuse du chantier. Ne lui fais pas peur, murmura Grazie. Le Petit s'avança d'un pas ralenti. Puis il s'aplatit à quatre pattes, jusqu'à toucher le sol, comme il l'avait vu faire aux chats. Dans son abri de feuilles, l'oiseau enchaînait ses trilles. Le Petit se demanda si c'était bien le même qu'ils entendaient depuis qu'ils peinturaient dans cette maison neuve. Il s'arrêta et inspecta chaque zone de feuillage. Sa mère avait dit que l'oiseau en question était si petit qu'il aurait pu tenir dans sa main. Un mini. Le problème était de le trouver. De quelle couleur était-il?

Se parlant la bouche fermée, le Petit fit lentement le tour de l'arbre. Il empiéta ainsi sur le gazon éclatant et frais rasé de la propriété voisine. Sa mère le laissa faire. Elle aurait aimé apprendre à son enfant le nom de cet inconnu qui depuis trois jours égayait leur journée de travail. Dire qu'elle connaissait le nom d'oiseaux qui vivaient au fin fond de la jungle : toucans, perruches, aras, mais pas celui qui chantait au-dessus de sa tête. Et lui apprendre aussi ce que racontait cet oiseau-là sur sa branche. Car il racontait forcément quelque chose. Une sorte d'histoire avec des rimes, des refrains, des déclarations. À qui? Pourquoi était-elle si ignorante? Pas seulement elle, mais aussi les gens autour d'elle. Elle avait entendu le même gazouillis, enfant, et personne n'avait su lui expliquer pourquoi un oiseau se plantait seul dans la tête d'un arbre pour raconter avec une telle ferveur une histoire d'oiseau.

Le Petit s'était relevé et tournait maintenant autour de l'arbre en levant haut ses bottes sur le gazon tendre et fourni du printemps. Une porte se ferma. Fracas. Une voix traversa l'espace. Cri. Va-t'en chez vous! Le Petit fut si saisi qu'il en resta le cœur battant et les deux pieds paralysés. Une grosse voix d'épaisse. Sacre ton camp! Il eut l'impression que l'arbre allait lui tomber dessus. Une part de lui continua de chercher l'oiseau dans les feuilles. Une part de lui crut apercevoir une touffe de plumes fauves glisser contre une branche. Une part de lui s'affola pour de bon. Son pied buta. Dans sa chute, le Petit rampa sur les coudes, puis se releva. Une part de lui poussa finalement un soupir de soulagement. Sa mère n'avait peur de personne. Une épaisse à grosse voix qui la barbait, elle l'affrontait.

Une fois à l'abri sur le perron, le Petit se retourna. Sa mère avançait. Le Petit imagina plaisamment que l'arbre lui aussi avançait et que l'épaisse n'avait aucune chance d'échapper à la raclée.

Il s'avéra cependant que l'épaisse non plus n'avait peur de personne. Un échange d'insultes était en cours. Comme dans un conte mimé sur scène, le Petit saisissait le message. Il guettait la fin. Je me demande où elle a appris tout ça, se demanda-t-il. Sa mère ne connaissait pas grand-chose aux oiseaux chanteurs, mais elle avait de la gueule. Quant à l'épaisse, elle ne donnait pas sa place. Le Petit eut l'intuition que les deux femmes se connaissaient. Il y avait sans doute eu une époque où l'épaisse n'avait pas été épaisse et où sa mère n'était pas encore sa mère. Napierville avait un passé fécond et sans doute que ses habitants descendaient en ligne plus ou moins directe d'une poignée de fondateurs au parler fleuri.

Comme dans toute querelle, les derniers mots fusèrent et un pénible silence suivit. L'épaisse n'avait apparemment plus de voix, sa mère plus de vocabulaire.

Plus tard, le Petit demanda le nom de l'épaisse à grosse voix. L'oiseau n'avait pas reparu. Ils s'étaient remis au travail. Grazie arrêta de peinturer son coin de mur et regarda son fils. Tu veux savoir quoi, au juste? Le Petit continua de peinturer son coin de mur. Malgré son jeune âge, il maniait avec aisance un pinceau large et fourni. Après l'avoir trempé dans le seau, il le tournait une fois et l'essuyait sur le rebord cannelé. Il étalait la peinture d'un seul mouvement, de haut en bas, puis uniformisait à coups légers. Elle s'appelle Marielle, dit Graziella. Tttu llla ccconnais? Oui et non, dit sa mère. Elle semblait fatiguée, tannée. C'était dans le ton de sa voix. Oui et non était souvent le genre de réponse que le Petit obtenait quand elle était tannée des questions et gardait pour elle les réponses.

Lui aussi était tanné et il n'insista pas. Ils peinturaient depuis le matin une maison tout juste achevée qui sentait encore le plâtre. Ils avaient commencé par ramasser la poussière de sablage. Ils avaient ensuite installé les bâches. Ils avaient masqué certaines moulures et enlevé les autres. Ils en étaient à la couche d'apprêt. Après la couleur, ils verniraient les portes et les moulures. L'entrepreneur, Phil Fournier, promettait une prime s'ils terminaient en dedans de cinq jours.

À midi, ils s'arrêtèrent et avalèrent les sandwiches Cheez Whiz et jambon. Deux autres maisons se bâtissaient plus loin. Des permis avaient été accordés pour une autre encore. Et à l'autre bout du village, un grand panneau fixé à une charpente temporaire annonçait en franglais un *nouveau développement* : Napierville Phase II. La phase III se trouvait encore dans la tête du *développeur* : Sam Samson. Il allait raser ce qu'il appelait de vieilles cabanes et mettre du neuf à la place. Le village ne serait plus reconnaissable.

Grazie habitait une des vieilles cabanes promises à la démolition. Elle avait bon espoir de mettre la main sur la prime. Elle avait surtout espoir de convaincre le conseil municipal et Sam Samson de ne pas démolir son chez-elle. Il venait de la place et elle aussi. Il avait une réputation de suce-la-cenne et ne payait qu'une fois le travail terminé. Un chèque qu'elle devait porter à la banque.

Après avoir mangé, le Petit s'endormit sur la bâche. Malgré la forte odeur de latex, Grazie ferma les fenêtres pour qu'il dorme longtemps. Elle eut envie de fumer. Elle avait souvent des envies subites de fumer. Rompre avec le tabac avait été bizarrement aussi une envie subite. Elle avait tenu bon. Le tabac était une drogue. Quant au sevrage, il avait l'air de vouloir durer toute la vie, lancinant comme un point de côté.

Le Petit maintenant ronflait. Graziella le regarda avec une tendresse inquiète. Il n'avait plus rien de petit ou de jeune. Rien à faire : il grandissait et, en grandissant, il ressemblait de plus en plus physiquement à son père, Marquis. Rien à faire. Il avait cette masse de cheveux très noirs et ces gros traits virils qui l'avaient tant attirée. Rien à faire. Sauf qu'il bégayait. Les questions. Les réponses. Comme un nœud qui aurait étranglé les mots un à un dans sa gorge, roue d'engrenage brisée.

Elle se remit au travail. Le Petit se réveilla au bout d'une heure et se mit à pleurer. Il pleurait souvent encore au réveil sans pouvoir s'arrêter. Des spasmes de tristesse qui coupaient le souffle. Il se cachait le visage.

Bébé, Grazie l'avait tenu dans ses bras presque sans discontinuer. Puis il avait cessé de vouloir se faire prendre. Quelque chose s'était passé dans sa tête. Il pleurait tout seul dans son coin jusqu'à épuisement. Elle en avait parlé au médecin. Il avait dit de ne pas s'en faire, que les larmes ne voulaient rien dire.

Elle s'en faisait quand même. Personne n'aimait voir des larmes. Personne n'aimait voir un enfant se débattre tout seul dans son coin contre le monde entier. Grazie avait peur pour lui. Une peur lourde qui la paralysait tout entière. La détresse des enfants n'était pas celle des adultes. Grazie voyait comment il serrait les paupières. Elle voyait comment il respirait avec des hoquets. Elle entendait comment il lyrait. Elle voyait comment il se racotillait sur lui-même, prisonnier de son monde intérieur.

Elle posa son pinceau. Elle s'approcha. Elle s'assit et cacha elle aussi son visage derrière les genoux et les bras. Elle serra les paupières jusqu'au vertige. Une mère pouvait faire ça : entrer dans le monde de son enfant et rattacher les fils. Elle cessa de voir. Elle cessa d'entendre. Elle fut submergée par une mer de tristesse. De la houle. Du vent. Du mouillé. De la dévastation. De la misère. Des morts innombrables qui n'avaient rien à voir avec Napierville et pourtant ébranlaient.

La respiration du Petit devint plus aisée. Il s'arrêta de gémir. Elle devina qu'il s'essuyait les yeux avec les manches de sa chemise. Elle l'entendit renifler un bon coup. Elle lui donna un mouchoir. Quand ils eurent tous les deux le nez et les yeux secs, ils se remirent au travail.

4

Le chien fonçait en diagonale pour traverser la route. L'autobus jaune fonçait lui aussi. Le chien s'était fourré. L'autobus jaune allait bien plus vite que lui.

Marquis conduisait. Son esprit insouciant suivait machinalement les courbes et les périls ordinaires de la route. Il vit le gros chien au dernier moment. Par *dernier moment*, il voulait dire que son œil, comme il le dirait plus tard aux policiers venus prendre sa déposition, avait enregistré à peine deux ou trois images floues de ce qui s'était passé. Un instant, il n'y avait que la réalité de la route, l'instant d'après, chien et autobus étaient là où ils n'auraient jamais dû être. Les questions *quoi faire* et *comment le faire* ne s'étaient donc jamais posées, pour la bonne raison que dès le début il avait été trop tard pour les questions.

Marquis conduisait des véhicules depuis l'âge de huit ans, autrement dit depuis toujours. C'était ce qui l'avait sauvé d'un capotage, lui et l'autobus heureusement vide d'élèves à cette heure tardive de la matinée. Les milliers d'heures de conduite de tracteurs, de camions et de voitures avaient aiguisé ses perceptions et porté au plus haut degré de cohésion ses mouvements. Le virtuose en lui donna un coup de frein et déporta le véhicule vers la gauche. Un réflexe.

Plusieurs choses se produisirent alors, toutes en même temps. Des choses venues de tous les côtés à la fois. Comme une histoire roulant pour elle-même. Le chien revola sur la levée. L'autobus s'arrêta à moitié dans le fossé, à moitié dans la clôture à carreaux. Des appels de klaxon se firent entendre. La main droite coupa le contact. Une obsession envahit l'esprit de Marquis : défoncer le pare-brise et se mettre à courir dans les champs. Mais un éclair traversa sa poitrine et ses muscles refusèrent d'obéir. Une faiblesse pas ordinaire le submergea. Un accident, pensa-t-il.

Ce qui venait d'arriver l'attristait. Il était considéré par tous ses collègues comme un bon chauffeur. Peut-être plus que bon. En quarante ans de baraudage d'un bord et de l'autre du Québec, il n'avait jamais causé d'accident. Un seul accrochage, à Montréal, un dimanche après-midi, quand une voiture avait traversé deux voies pour se fourrer devant lui et tourner sans signaler.

D'autres qu'il connaissait aimaient conduire. Ils étaient pour ainsi dire heureux derrière un volant. Ils avaient le sentiment que se déplacer à grande vitesse était quelque chose dont on pouvait être fier. Il y avait une route en eux. Ils menaient. Pas lui. Il ne détestait pas. Il se trouvait que chauffer était une des affaires qu'il maîtrisait depuis presque toujours. Comme tous les fils de cultivateurs et d'artisans de l'époque, il avait conduit son premier véhicule, un pick-up, aussitôt qu'il avait été assez grand pour rejoindre les pédales et changer de vitesse en même temps. La conduite d'un autobus scolaire ne présentait aucune difficulté, sinon celle d'avoir à la répéter deux fois par jour et cinq jours par semaine avec dans les oreilles les chamailleries des élèves.

Marquis entendit un bruit désagréable. Quelqu'un s'acharnait à frapper du poing sur la portière accordéon de l'autobus. Un bruit qui lui fit prendre conscience de l'agitation nerveuse dans laquelle il se trouvait. Marquis pensa qu'on pouvait avoir peur sans avoir de raison d'avoir peur. Une peur traître. Il se dit en même temps qu'il confondait peur et surprise. Il n'avait que heurté un chien et ça avait brassé. La peur n'entrait pas par une si petite évasure. À moins de considérer que la peur était toujours là entre les deux oreilles et n'avait en quelque sorte ni début ni fin. Elle était une cartouche dans la chambre d'un fusil et quand toutes les circonstances étaient réunies, une détonation se produisait.

La détonation s'était produite et Marquis sentait qu'il y en avait encore pour un bout de temps avant que toutes les parties éparpillées de son être se remettent en place. Son souffle. Sa vision. Son cœur. Sa tête. Son cul.

Il avait le souffle court.

Sa vision rétrécissait.

Sa tête pesait une tonne.

Et ce n'était pas tout. Il ressentait une douleur irradiante à l'épaule et au bras gauche. Son torse se contracta.

On frappait et criait toujours à la portière. Des gens que Marquis ne connaissait ni d'Ève ni d'Adam. Ils gesticulaient. Ils voulaient savoir s'il allait bien.

Le verbe *aller,* appliqué à la vivacité du moi, l'avait toujours laissé perplexe. *Comment ça va?* Entrée en matière déroutante. Sa boussole intérieure s'agitait. Comment pouvait-on aller bien? Aller mal? Il aurait fallu un mot spécifique, ou plusieurs. Des sons brefs, des monosyllabes qui, lâchés au bon moment, n'auraient trompé personne. Un message clair. Pas de niaisage. Un code simple. Mais qui sait? Peut-être y avait-il une raison à un tel cafouillage linguistique. Une ou des raisons qui avaient trait au vivre ensemble. Au grégarisme. Au plaisir consenti de parler du bien et du mal, du blanc et du noir, du rose et du sombre sans s'enfarger dans l'éthique. Comment ça va? Quel chemin as-tu parcouru? D'où tu viens? Où tu vas? Seule réponse possible, la réplique, la répétition : comment ça va? Un échange.

En attendant une réforme du langage, Marquis était prêt à admettre que s'il y avait quelqu'un qui *allait bien,* depuis toujours, c'était lui. Même en ce moment. Il sourit. Sourire ne pouvait que rassurer les importuns qui frappaient et jacassaient à la portière de l'autobus. En même temps, s'il y avait quelqu'un qui *allait mal,* en cet instant, c'était lui aussi. Vraiment mal. Il essaya de se lever de son siège et n'y parvint pas. T'as l'air fin, là, pensa-t-il, t'as l'air fin.

*

La collision entre le chien et l'autobus jaune avait eu lieu près du *bois à chevreuils.* Une appellation locale. Marquis les avait souvent aperçus en janvier et février, quand le retour de l'école coïncidait avec la brunante. Des bêtes mignonnes qu'on imaginait mal être la convoitise de gens bien nourris, mais incapables de s'empêcher de tuer. Des bêtes au pelage mince qu'on imaginait mal endurer les moins vingt-cinq des nuits hivernales. Des bêtes qui n'avaient plus grand-chose de sauvage puisqu'elles parasitaient les cultures destinées au bétail. Des ruminants. Et quels ruminants! Pouvaient survivre longtemps en digérant de l'écorce. Marquis aimait les ruminants. Il avait grandi entouré de veaux et de vaches. Dès huit ans, il avait travaillé fort au bien-être des veaux et des vaches dans l'étable de son grand-père. Maintenant que les bourgeons éclataient et que le boisé se rhabillait de verdure tendre, on ne verrait plus les petites bêtes gracieuses se pencher au bord des champs et vite relever la tête avec dans la gueule quelques cosses de blé d'Inde couleur de papier d'emballage. Elles auraient en masse à manger dans leur ravage et s'y cacheraient jusqu'à la fin de l'automne.

Ils — les curieux descendus de leur voiture — poussaient fort dans la portière. Ce qu'ils étaient pressés! Marquis eut envie de leur crier qu'il n'y avait pas le feu. Ce qui venait d'arriver n'était qu'un accident mineur. Un chien mort, des tôles bossées, du temps perdu. Quand il aurait repris son souffle et que son cœur se serait assagi, Marquis tirerait sur la manette de la tringle qui commandait l'ouverture et la fermeture de la portière. Disons quelques secondes encore.

Il regarda les visages à travers les vitres étroites. Ils lui paraissaient en même temps proches et éloignés. Tous étaient tournés vers lui. Tous jacassaient. Tous braquaient un regard accusateur. On aurait dit un jury pris de folie. Qu'avait-il fait? Rien. Il avait même empêché que le pire se produise. Juste un chien mort. Il avait eu chaud. Façon de dire, mais aussi réalité alarmante, car il avait maintenant chaud, vraiment. Il suffoquait. De la sueur lui couvrait le front et les tempes. Il sentait les gouttes s'alourdir. En même temps, il frissonnait. Un chaud froid de malade. Il engourdissait.

De peine et de misère, Marquis amena son grand corps à la verticale. Il se retourna. Les curieux écrasaient leur face contre la partie vitrée de la portière et semblaient s'époumoner. Il regarda dans le rétroviseur. Il cherchait la voiture qu'il avait évitée de justesse après avoir heurté le chien. Surprise, ce n'était pas seulement une voiture, mais toute une file qui s'étirait derrière son autobus.

Marquis se rassit. Il avait chaud. Il avait froid. Il avait mal. Peut-être même avait-il la berlue. En plus des appels de klaxons et du martèlement de son cœur, il crut entendre la lancinante sirène d'une voiture de police. Sa tête et son thorax se transformèrent en chambre d'écho.

Ce fut à ce moment que Marquis devina une présence derrière lui, entre les banquettes. Quelqu'un accourait dans l'allée. Marquis se retourna.

Comment ça va ? cria cette personne.

*

Marquis avait un problème. Un énorme problème dont la nature et l'étendue lui échappaient. Ou alors toute une série de petits problèmes qui s'unissaient pour former une constellation obsédante. Le malaise perdurait. Sa conscience ébranlée distinguait l'avant de l'après, mais pas encore le fil des événements récents. Là où il se trouvait, en position couchée, il ne voyait poindre aucune solution. Peut-être qu'il n'y en avait pas. De cette impuissance s'ensuivait une impression de débâcle, de lâcheté.

Quelques heures avaient passé. Des curieux l'avaient questionné. Des policiers. Des ambulanciers. Des infirmières. Des médecins. Jusque-là, il avait répondu que ça allait.

Il avait ensuite reçu de la visite. Qui au juste ? Il ne s'en souvenait plus. Ils avaient rigolé. De quoi ? Il ne se rappelait pas non plus.

C'était maintenant le milieu de la nuit. Il reposait sur le dos. L'étroitesse du lit faisait partie du problème, mais il y avait plus.

Dans le lit à côté, quelqu'un râlait. Un homme ? Une femme ? Il tendit l'oreille. Un raclement de gorgoton qui s'ouvrait grand puis rapetissait à presque rien. Cet homme ou cette femme cherchait désespérément son souffle. Une montagne d'efforts pour quelques molécules d'oxygène. Ça sentait la sueur aigre de l'épuisement.

Puis le sifflement s'arrêta et la chambre fut précipitée dans un silence absolu comme à la fin d'un concert. Marquis tourna la tête. Quelque chose d'immense approchait. Ou alors c'était lui-même qui fonçait. Qu'est-ce que c'était ? D'où ça venait ? On aurait dit des éclairs aussitôt enfouis dans la nuit profonde. Un orage au loin. Marquis se souleva sur ses coudes et redressa un peu la tête. Ça faisait mal. Très mal. Une douleur aussi bien soudée au corps n'était pas prête de se défaire. Mais il y avait encore autre chose. Qu'est-ce que c'était que ce roulis qui lui brassait l'estomac et lui donnait un tel vertige ? Marquis avait la phobie des chutes. Même la hauteur d'un lit, il n'aimait pas. Quand il était enfant, il s'était entraîné à marcher sur une poutre dans la grange. Son grand frère avait promis de lui montrer à ne pas avoir peur. *Montrer* n'était peut-être pas le mot approprié. Un jour, son grand frère avait vu dans une fête foraine un funambule faire des culbutes sur une poutre pas plus large que la main. Il l'avait vu — de ses yeux vu — et il avait convaincu Marquis qu'ils allaient devenir célèbres et millionnaires en faisant eux aussi des culbutes sur une poutre. Ils allaient *apprendre*. La poutre dans la grange faisait trente pieds de long. Elle se trouvait à mi-hauteur de la bâtisse. Marquis montait dans l'échelle. Son grand frère regardait d'en bas. Pour l'éprouver, il lui disait qu'il fallait bien que quelqu'un reste en bas pour éventuellement ramasser les morceaux. Marquis prenait place et regardait à l'autre bout de la poutre. La perspective, à trente pieds, la faisait paraître aussi étroite qu'une allumette. Son grand frère lui disait qu'à force d'essais il allait attraper le truc. Il y avait forcément un truc. Comme la bicyclette. Une fois qu'on avait le truc, on ne le perdait plus. Un pas à la fois. Un pied devant l'autre. Les yeux en face des trous. Il ne tremblait pas. Il supportait son propre poids et le monde entier avec.

Voilà qu'en ce moment, Marquis avait l'impression de se trouver sur la poutre, plus démonté que jamais. Pas à pas, il avançait. Il ouvrait la bouche. Son cœur battait. L'adrénaline lui chauffait les veines. Bien en vie, il se sentait bien en vie, mais avec une tombe toute prête en dessous de lui au moment de la débarque.

Marquis avait convenu, à l'époque, qu'un grand frère n'est jamais complètement un frère. Mieux valait pour lui trouver le truc tout seul.

Mais il y avait encore autre chose que le vertige. C'était un problème avec le temps. Il retardait. Il se désassemblait. Il n'avançait plus. On aurait dit la fin de la bobine. Le fond noir de sa vie lui apparut. Marquis se fit la réflexion que le noir n'est jamais le noir — exactement comme le silence n'est jamais le silence. Tant de choses brillaient là, sur ce fond noir, comme des mouches à feu. Marquis éprouva de la surprise, surprise à propos de lui-même : il avait aimé la vie.

Un amour débile de petit enfant.

Toutes ces femmes adorées en commençant par sa mère. Quelle chance, tout à coup, de les revoir toutes réunies. Sa sœur. Les petites filles de l'école où il avait appris bien davantage qu'à lire et à compter. Leur beauté absorbait. Leur beauté rayonnait. Cet assemblage de pétales qu'étaient les plis d'une jupe sur les hanches. L'odeur de leurs cheveux quand il les embrassait sur la nuque et qu'elles se sauvaient en gloussant. La finesse de leurs paupières. La rondeur de leurs bras. Chaque pierre de l'édifice dégageait sa magie. Après l'école du village, ça avait été la polyvalente. Marquis était plus que jamais ensorcelé. Harponné. Les années n'y avaient rien changé. Il s'était en quelque sorte marié au petit groupe de femmes de Napierville et des alentours. Il s'était abandonné. Les routes. Les rues. Les maisons. Un amour vagabond. Regarder. Approcher. Petites phrases. Petits câlins. Embrassades. Les noms et les prénoms maintenant lui revenaient. Les surnoms affectueux. Les tables du restaurant. Les allées de l'épicerie. La salle paroissiale. L'édifice municipal. Le guichet de la banque.

Le petit enfant n'était jamais devenu un adulte. Il était resté sur place, dans sa genèse. Il avait fait sa vie au village. Marié à Napierville. Pourquoi aurait-il mené une autre existence que la sienne et celle des femmes de Napierville ? Napierville avait beau être une bourgade, elle abritait la multitude. Montréal et New York y étaient aussi présentes à l'esprit de ses habitants qu'elles étaient présentes à l'esprit des Montréalais et des New-Yorkais.

Aujourd'hui, l'enfant subissait un dernier avatar. La mort faisait du bon boulot. Marquis compris qu'elles allaient lui survivre, les petites filles et les femmes de Napierville. Terminé pour lui la ronde de l'émerveillement. Dans la poussière des ténèbres s'ouvraient des bras qui n'avaient rien de féminin.

Voilà qu'il quittait Napierville. Son cœur avait lâché une première fois quelques heures plus tôt dans l'autobus jaune. Maintenant, il lâchait pour de bon. Tels étaient la forme et le fond du problème. Le cœur. Par dérision, on disait la *patate*. La patate a lâché. Un petit muscle vigilant et la plupart du temps discret. À peine une pulsation perceptible à la carotide et aux poignets. Un bruit de ressac amplifié par le cornet de l'oreille collé sur l'oreiller.

Pour les médecins bricoleurs, une pompe. Ils ouvraient la cage thoracique. Ils branchaient une machine. Ils greffaient le muscle d'un cadavre. Ils finissaient le travail par une décharge électrique. La vie repartait.

Pour les croyants, le réceptacle de l'âme. La bonté partait de là. Les prières partaient de là. C'était par le cœur qu'on était sanctifié.

Pour les moralistes, le creuset symbolique du bien et du mal.

Pour les poètes, le baromètre de l'amour.

Marquis sentit en lui un engourdissement. À peine une distraction. Comme une chute. Il tombait hors des limites du monde. L'autre bord. Le *side*. Un frisson. Ça allait déjà mieux.

Les sonneries des appareils de surveillance à la tête du lit se déclenchèrent toutes en même temps. La chambre se remplit de visages soucieux et de mains affairées.

La dernière pensée des mourants fusa dans la tête de Marquis : y aurait-il une prolongation de lui-même dans le ciel au-dessus de Napierville ? Comme une période supplémentaire au hockey ? On lui avait ânonné tellement de platitudes sur la vie après la mort que c'était à se demander s'il n'y était pas déjà.

5

Il y avait plusieurs années que le sort éprouvait la famille de Marquis. À croire qu'il y avait dans le ciel de Napierville une persistante conjuration.

Le premier coup du sort avait été le séjour en prison du père de Marquis. Une condamnation à deux ans moins un jour pour fraude fiscale. Sur les deux années moins un jour, celui que tout le monde à Napierville appelait Le Soudeur en avait purgé le sixième. Telle était la règle des libérations conditionnelles. Le criminel devait bien sûr éprouver du remords. Il devait représenter une faible dangerosité pour la société et un risque zéro de récidive. Il devait enfin mettre de côté l'idée trop répandue que l'argent gagné par le travail est propriété individuelle, et adopter des principes de partage quasi religieux, lui qui n'était pas religieux pour cinq cents : la société donne, la société reprend, il n'y croyait pas.

À cette époque, le père de Marquis avait cinquante-huit ans. C'était un homme qui ne s'en laissait pas conter. Il avait toujours été un homme qui ne s'en laisse pas conter et les quatre mois de prison qu'il estimait être une exaction de l'État n'avaient en rien adouci sa personnalité abrasive.

Une fois libéré, il avait repris la direction de l'entreprise de soudure qu'il avait mis trente ans à bâtir et que ses démêlés avec le fisc avaient conduite au bord de la faillite.

Avait-il cru que ses clients lui resteraient fidèles ? Des clients de Napierville, mais aussi des villages et des villes alentour. Des clients qu'il avait bien servis et qui s'étaient toujours montrés satisfaits. Ne savait-il pas fabriquer tout ce qui pouvait se fabriquer avec du fer, lui qui avait regardé son oncle travailler au chalumeau avant d'enfiler lui-même le gros casque et de réaliser son premier cordon de soudure à douze ans ?

L'entreprise avait déjà employé dix soudeurs. Elle n'en employait plus qu'un : son fondateur et unique propriétaire, aujourd'hui endetté jusqu'au cou.

Le deuxième coup du sort avait été la mort du fils aîné du Soudeur. Une mort en forme de condamnation parce qu'elle s'en prenait à quelqu'un d'encore jeune et beau, qui avait bien réussi sur le plan professionnel.

Le fils aîné s'appelait Jean-Jacques. Il était homosexuel. Il l'avait toujours été. Du moins à partir de l'âge de douze ans. Homosexuel actif au pensionnat catholique où il avait passé huit années et ensuite à l'Université McGill où il avait fait sa médecine. Le sida était apparu quelques années plus tard. Il était apparu et la panique s'était répandue comme elle s'était répandue au cours des grandes épidémies des siècles passés.

Jean-Jacques avait alors tout juste trente-cinq ans. Comme tous ceux de sa famille, c'était quelqu'un d'une carrure et d'une vigueur exceptionnelle. Les mains et les épaules de ses ancêtres cultivateurs et maréchaux-ferrants. En moins de trois petites années, une suite d'infections opportunistes en avaient fait un être méconnaissable. La peau et les os.

Il arrive que certaines maladies fassent des héros, et alors les héros donnent du courage à ceux qui ont besoin de courage. Le sida ne faisait pas de héros. Jean-Jacques était mort en quarantaine dans une chambre de l'hôpital montréalais où il avait auparavant sauvé des vies. Ses proches n'avaient été mis au courant qu'une semaine plus tard par l'employé de la morgue.

Peu après, le sort avait frappé une troisième fois. Les voisins avaient entendu une explosion. Sortant sur le perron, ils avaient vu les flammes lécher le contour des fenêtres de l'atelier de soudure. Ils avaient accouru. Au fond de l'atelier, les flammes s'éteignaient déjà. Un homme gisait par terre près de la porte pliante. L'explosion d'un réservoir à essence l'avait projeté sur une distance de vingt pieds. Le Soudeur — ce ne pouvait être que lui — était brûlé au visage et aux mains. Conduit à l'hôpital des grands brûlés, il avait été rapidement soigné. Il avait survécu et avait même repris son travail. Sauf qu'en emportant la peau de son visage, l'explosion avait aussi épuisé toute la réserve de bonne humeur de l'homme.

*

Le nouveau curé de Napierville — il y avait maintenant un fort roulement de curés âgés entre soixante et quatre-vingts ans dans les paroisses du diocèse — n'avait jamais vu un visage aussi cruellement ravagé par les cicatrices. Il fit semblant de rien et invita chaleureusement le Soudeur à entrer.

Le vestibule donnait directement sur la grande salle à manger qui, au temps du catholicisme canadien-français prospère, avait accueilli jusqu'à quarante convives à la même table. Aux murs étaient accrochées les photos encadrées des papes, des évêques et des curés accoutrés de leurs vêtements et distinctions sacerdotales.

L'immense table servait de bureau, et des classeurs métalliques, pareils à ceux de n'importe quelle administration, avaient remplacé les buffets à vaisselle et les armoires à linge de table.

Le curé fit asseoir son visiteur. L'éclat lisse de la chair brûlée fut atténué par la pénombre. L'homme était de forte stature. Il portait ses vêtements de travail : une ample salopette, une chemise foncée, des bottines à bout d'acier.

Depuis qu'il exerçait son ministère, le curé avait vu assez de monde mal pris pour savoir quand abréger les préambules. Qu'est-ce que ce sera ? demanda-t-il.

L'observance des sacrements n'était plus ce qu'elle avait été. La fréquentation dominicale de la messe et les différentes épreuves de foi avaient été mises de côté par les fidèles. Les rituels de passage, eux, étaient restés, comme si on avait convenu d'une simplification de l'existence en trois parties bien distinctes : un commencement, un milieu, une fin, et posé que Dieu n'allait plus s'occuper que du commencement et de la fin et l'homme, du milieu.

Un service pour mon garçon Marquis, un service pis du chant, voilà ce que ce sera, répondit le Soudeur. Pas de trémolos. Pas de larmes. Voilà un homme qui sait exactement ce que vaut la mort, pensa le curé, qui se leva et rapporta un formulaire.

Quel nom, déjà ?

L'homme regardait ailleurs. Le curé dut répéter.

Marquis.

La fabrique de la paroisse avait établi trois tarifs. Le curé expliqua. Le Soudeur dit que ce qui lui plaisait, dans une église, c'était le chant. Il voulait du chant, beaucoup, à la grandeur du chœur, de la nef et du jubé.

Ils s'entendirent sur la date. Le service de Marquis aurait lieu le samedi, à deux heures de l'après-midi. Il comprendrait vingt minutes de chant, de l'introït au libera.

Le curé posa son stylo et prit un air absorbé de confesseur. Le moment était venu d'exercer son ministère, qui consistait à redorer les âmes et à les présenter au Seigneur, les bonnes, les pécheresses. Parlez-moi de Marquis, dites-moi quelle sorte de chrétien c'était, que je fasse son éloge.

Les visages brûlés perdent une bonne partie de leur expressivité naturelle. Ils paraissent sculptés par des mains malfaisantes. Les joues sont figées sur les maxillaires. L'atrophie des glandes fait que la sécheresse de l'air irrite les yeux et que ces derniers se ferment de douleur. Les sourcils ont disparu. Les lèvres restent serrées sur les dents. Les mots qui sortent d'un tel visage sont des mots déformés qui se voient autant qu'ils s'entendent.

Le Soudeur se tourna vers la porte comme pour s'en aller. Il se leva comme pour s'en aller. Il hocha la tête comme pour s'en aller. Puis il se rassit, dévasté.

Qu'esse que vous voulez que j'vous dise? Y'est mort. Y'aurait pu mourir bien plus vieux que ça. Y'aurait pu mourir plus jeune aussi. On décide pas ces choses-là. Pis quand on décide, on dit alors qu'on s'est pas mêlé de nos affaires. Quelle sorte de bonhomme c'était? Un bonhomme comme les autres. Un bonhomme comme moi. Un bonhomme comme vous. Quand y'était petit, y'élevait des pigeons dans la grange de son grand-père. Y'aimait les pigeons. Pas pour les manger, pour les regarder. Y'en a eu jusqu'à une centaine. Après, y'a eu des abeilles. Son grand-père y'avait montré à ramasser des essaims dans les arbres. Y'avait peur de grimper mais y'avait pas peur de se faire piquer. Pis y'a vendu les ruches et y'a acheté des lapins. Des lapins, y'est passé aux oies. Y disait qu'y aimait ça, essayer. À l'école, y'était bon. Quand y'a eu fini son secondaire, j'ai voulu y montrer à souder. Y'aimait mieux avoir sa business à lui plutôt que travailler pour moi. J'y en ai pas voulu pour ça. Y'était jeune. Y'a toujours été jeune. Y'aimait les femmes. Y'aimait changer souvent. Si y'avait un défaut, c'était celui-là : y faisait sa petite affaire et y regardait pas plus loin. Y s'attachait pas. Pourquoi? J'y ai jamais demandé. Y'arrivait avec une nouvelle et y nous la présentait. Où était la précédente? C'était pas nos oignons et on se fermait la boîte. Y faisait ben ce qu'y voulait. Là-dessus, on peut dire que le monde d'aujourd'hui ressemble pas au monde d'hier. Y venait à la maison tous les mois. Y venait à Noël et au jour de l'An. Y restait jamais longtemps. On faisait le tour des nouvelles. On buvait une bière. Y parlait pas beaucoup de lui. Y'expliquait à sa nouvelle chérie qui était qui dans la famille et qui faisait quoi. Y paraissait toujours bien s'entendre avec chacune. Napierville est une petite place. Une fois par année, y faisait une grande sortie. Y'allait au Carnaval de Québec. Si y'avait des défauts, y'avait aussi une qualité. Y'était toujours de bonne humeur. Pas excité, juste de bonne humeur. Y savait s'amuser. L'argent l'intéressait pas. Les femmes y suffisaient. Y nous a jamais dit combien d'enfants y'avait au juste. Jamais. D'après ma femme, qui écoute les commérages, y'en a cinq. J'en connais deux : un gars, une fille. Y'avait un grand chum. Y s'appelle Bob. Y se sont connus à l'école. Bob Mc Greer. Un Irlandais. J'espère qu'y va venir au salon. J'sais qu'y se voyaient très souvent. Y'est comptable à Montréal. Un gars qui garde le même chum pendant quarante ans, ça peut pas être un mauvais gars — que c'est que vous en pensez? Y'a eu de la chance. Une crise cardiaque. Y'a pas traîné. Y'a eu une belle mort. Y'a eu une belle vie. Une belle vie et une belle mort, c'est assez — que c'est que vous en pensez?

L'abbé regarda l'homme se lever et encore une fois se rasseoir. Il avait l'air plus sonné que bouleversé. Il avait parlé longtemps. Maintenant, la masse des mots refluait par vagues. Il suffoquait.

L'abbé avait écouté en remuant les lèvres et en se massant les mains. Ce qu'il en pensait et qu'il préférait garder pour lui, c'est que les gens de sa paroisse ne faisaient pas dans le sentimental. Telle était l'éducation qu'ils avaient reçue, qu'ils avaient conservée. Les temps avaient changé. Ils n'avaient même jamais changé si rapidement. Pourtant, les gens ne semblaient pas avoir été pris de court par la modernité. Ils s'en tiraient fort bien. Ils travaillaient. Ils bâtissaient des maisons. Ils faisaient des enfants. Ils allaient en vacances. Puis la mort les rattrapait. Pas grand changement là-dedans.

Le Soudeur se releva, puis attendit, la main sur la poignée de la porte. Il allait se reprendre. Il avait beau être démuni face à la mort d'un deuxième fils, il avait aujourd'hui soixante-dix ans passés et il s'était démené dans son vide intérieur bien avant aujourd'hui. Son visage dramatiquement ravagé se tourna vers les portraits des évêques et des papes sur les murs.

L'abbé se leva. Il avait idée de lui serrer la main et il la lui serra.

Le Soudeur descendit les larges marches du tambour. Arrivé en bas, il porta une main à sa poitrine et chancela.

Ça va aller? demanda le curé.

Il eut comme réponse un oui murmuré de peine et de misère. Le temps de le dire, le Soudeur était à terre. Le visage de côté et les mains serrées contre la poitrine.

La première idée de l'abbé fut de s'éloigner pour appeler une ambulance.

Il franchissait le seuil quand une autre idée se plaça en travers son chemin. Il sentit une poussée. Une vraie poussée, comme s'il avait été saisi par le haut et transporté dans les airs. La première chose qu'il sut, c'est qu'il était à genoux près du Soudeur. Il signa le front. Il signa le cœur. Il signa le sexe. Il signa les mains et les pieds.

Quelques secondes encore et le corps fut celui d'un mort. Sur le tableau du sort, on en était maintenant à cinq, cinq mauvais coups.

6

Graziella avait appris qu'on s'apprêtait à construire le long de la rivière, à l'ouest de Napierville. Quelqu'un qui avait de l'argent et des amis bien placés avait acheté un morceau de terre jusque-là réservé à l'agriculture et avait ensuite obtenu de la Commission de protection du territoire agricole le privilège d'y construire des bungalows. Ce quelqu'un ne pouvait être que Sam Samson. Au restaurant Chez Gilles, on dit à Graziella qu'elle trouverait Sam Samson à l'atelier de portes et fenêtres qu'il venait de racheter d'Yves Lazure. L'atelier se trouvait de l'autre côté de la voie ferrée. Elle s'y rendit sans attendre. Sam Samson ne s'y trouvait pas. Un employé, à qui il manquait les quatre doigts de la main, lui dit de téléphoner plutôt que de courir à droite et à gauche. Il lui composa le numéro avec le survivant de sa main tranchée net.

Graziella expliqua qu'elle voulait offrir ses services de peintre pour les futures constructions. Elle avait un loyer à payer, l'électricité, le téléphone, la nourriture, les vêtements, les effets scolaires, et, depuis peu, des séances d'orthophonie pour le Petit.

La conversation fut brève et en même temps, longue. Sam Samson ne dit ni oui ni non. Il penserait. Il verrait. Il téléphonerait. À part ça, comment allait-elle?

Grazie n'avait pas de mal à l'imaginer devant elle. Il avait des yeux ronds et rapprochés de raton laveur, des yeux qui affrontaient le monde sans ciller, qui voyaient loin, là où était l'argent. Elle n'insista pas.

Aussitôt après avoir quitté l'atelier, elle s'en voulut de ne pas avoir insisté. Elle s'en voulut de n'avoir pas été aussi fine que Sam Samson lui-même quand il s'agissait *d'affaires*.

Elle traversa encore une fois le village et fit le tour du lotissement. Elle dénombra seize emplacements. Son esprit comptable formé à la banque multiplia le nombre de maisons par le nombre de pièces. Il multiplia par le nombre de cloisons et additionna les escaliers et les placards. La somme représentait plusieurs mois d'ouvrage et peut-être une dizaine de milliers de dollars.

Graziella avait besoin d'argent.

*

Une maison est plus qu'une maison — comme Napierville est plus que Napierville. Sam Samson construisait des maisons alors que lui-même ne maniait ni marteau, ni scie ronde, ni quoi que ce soit qui tienne dans sa main autre que de l'argent pour acheter une licence d'entrepreneur et des permis pour construire.

C'était un petit homme qui, dans le passé, avait porté les cheveux longs des hippies et exercé le métier éprouvant de professeur dans une polyvalente. Ceux qui l'avaient connu à cette époque se rappelaient quelqu'un dont les élèves se moquaient en pleine face. Manifestement, l'école n'était pas sa place et il avait eu assez de jugeote pour songer à un autre avenir. Déjà, à l'époque de ses cheveux longs, Sam Samson s'était livré à d'autres activités que des études en pédagogie. Il avait été arrêté pour trafic de substances illicites. Par la faute d'un policier pressé de l'envoyer en prison qui avait omis de lui lire ses droits, il avait été absous. Là aussi, il avait eu assez de jugeote pour songer à un autre avenir que celui de dealer. Il s'était coupé les cheveux et avait été embauché dans un grand magasin de la rue Sainte-Catherine aujourd'hui disparu. Il vendait des vestons. Devenu gérant de rayon, il avait eu sa première carte professionnelle. Depuis, il ne se montrait plus sans veston et carte professionnelle. L'argent était son occupation à temps plein.

*

Une maison est une propriété. Les gens allaient voir Sam Samson pour accéder à la propriété. C'était une étape importante dans le cours de leur vie, et personne mieux que cet homme comprenait le désir profondément ancré en chacun de s'approprier, pour la durée de son mandat ici-bas, une parcelle du monde. Lui-même habitait une maison dans le secteur le plus bucolique de Napierville, près de la rivière. Une maison qui avait été dessinée pour un jeune couple très en moyens, lui, avocat fiscaliste et elle, ingénieure et qui, avant que le chantier ne soit terminé, avait rompu et quitté Napierville. En tant qu'entrepreneur, Sam Samson s'était retrouvé avec le palace de quinze pièces sur les bras. Ça le choquait d'avoir à habiter cette maison extravagante, qui, certes, faisait l'envie de plusieurs, mais qu'à peu près personne d'autre que lui et les avocats fiscalistes n'avait les moyens de se payer. Il avait porté l'affaire devant les tribunaux — ne faisait-il pas savoir à ses clients mauvais payeurs qu'il était prêt à réclamer son dû à un mort dans sa tombe ? — , mais la partie adverse s'était révélée plus roublarde que lui.

Graziella se dirigeait vers le palace dont les tourelles étaient visibles par-dessus les arbres. Il était déjà onze heures. Certains jours, l'heure avait de l'importance. Ce jour-là, elle en avait. Grazie marchait vite. Devant l'église, le directeur de pompes funèbres avait déjà installé les cônes réservant tout l'espace en bas du parvis pour le convoi funéraire.

C'était une journée presque chaude et sans vent. De fins nuages blancs ondulaient dans l'air humide. La foule jacassante des moineaux s'ébrouait dans les arbustes. Le long de la pointe des Patriotes, les érables avaient dressé en quelques jours leur montagne de feuillage. La rosée avait délavé les affiches du dénommé Francis. Elle y pensait. Quoi faire ? Quelques jours plus tôt, quand elle avait dégrafé une des feuilles de papier pour la mettre dans son sac, c'était par curiosité. Maintenant, elle ne savait pas. Ou plutôt si : le monde était grand, mystérieux, être seul, cela ne se pouvait pas. Un fil, une connexion la liait aux connus aussi bien qu'aux inconnus. Celui-là était un inconnu.

Elle s'assit sur le banc où elle avait dormi et réfléchi tout un été et tout un automne. Au-dessus du monument aux pendus et aux exilés de Napierville, un oiseau se mit à chanter. Elle le reconnut : l'oiseau sans nom. Elle l'écouta attentivement, ravie. Puis un gros camion bruyant s'amena sur la 219 et l'oiseau fila en direction de la pharmacie. Grazie se releva et fila elle aussi.

Devant *Côté et Paradis, salon mortuaire,* les corbillards et les limousines attendaient en ligne. Graziella imagina Marquis dans sa boîte de chêne tapissée de satin. Son père l'avait suivi dans la mort. C'était une partie de Napierville qui s'en allait d'un coup. Ce que la rumeur commentait davantage que le départ simultané du père et du fils, c'était que le grand-père de Marquis, et père du Soudeur, vivait toujours, lui. En raison de son grand âge, on se demandait comment il allait survivre à un pareil coup du sort. Dans quelques heures, le curé implorerait Dieu d'intégrer son fils et son petit-fils à la communauté des non-vivants rendus au ciel. Seigneur, prends pitié, voilà ce que dirait le curé d'une voix implorante. Les parents, les amis, les connaissances accompagneraient ensuite les dépouilles au cimetière. Marquis et le Soudeur auraient leur nom sur la même pierre tombale. Deux dates informeraient les générations futures de leur passage à Napierville. Selon les standards d'espérance de vie des pays monstrueusement riches comme le Canada, un passage plutôt bref. Une vie amputée des différents âges de la vieillesse — vieillesse qui avait été autrefois un pénible crépuscule, mais dont on pouvait aujourd'hui tirer une illusion de quasi-immortalité.

Graziella traversa le pont. Le palace se trouvait immédiatement à droite, sur une pente qu'il avait fallu remblayer. Était-ce ostentation de riche, ou souci d'arrêter les frais, Sam Samson refusait de s'engager dans la course au plus beau parterre de Napierville. De chaque côté de l'allée, sur la terre rapportée et à peine nivelée, poussaient le chiendent, le plantain, de gros cotons de chou gras et d'herbe à poux.

Au premier coup de sonnette, la porte s'entrouvrit.

Oui ?

Grazie fut à même de constater que l'enfant avait commencé à ressembler à son père et qu'il lui ressemblerait de plus en plus en grandissant. Mêmes yeux ronds rapprochés, même face chafouine.

Où est ton père ? lui demanda-t-elle.

L'enfant réfléchit posément. Grazie remarqua alors qu'il portait un veston et une cravate comme son père.

Je te connais, dit-il, tu es Grazie, la folle...

Grazie ne le laissa pas poursuivre.

Je te connais moi aussi, dit-elle. Où est ton père?

L'enfant réfléchit posément.

Mon père, il est sorti pour affaires, dit-il.

Et ta mère?

Cette fois, l'enfant se dispensa de réfléchir.

Ma mère, elle est pas là non plus.

Grazie entendit alors des bruits de pas au fond du palace. Peut-être un enfant plus jeune. Peut-être un chien. Peut-être un chat. Elle se pencha et vit plutôt une silhouette adulte qui s'éloignait en catimini. Une silhouette de raton laveur, pensa-t-elle.

La porte se referma apparemment toute seule, prodige des palaces. Grazie se dit : je ne suis pas de taille, et elle n'insista pas.

Elle s'arrêta sur le pont, se pencha sur le garde-fou. L'eau était trouble, chargée du limon des terres noires en amont. Enfant, Grazie avait passé beaucoup de temps à explorer les deux rives. L'eau était une compagne et marcher la réconfortait. Maintenant, elle n'était plus très sûre d'avancer.

Elle obliqua vers l'école. La secrétaire la reconnut et elle lui demanda d'appeler le Petit. Celle-ci hésita, voulut se lever. Grazie lui dit que c'était important.

7

Dès l'ouverture, le Vieux constata que sa famille, jusqu'aux plus lointains neveux, était rassemblée. Beaucoup de noms lui échappaient, mais tous ces êtres étaient les siens. Il pensa à sa propre mort. Il aurait voulu qu'elle survienne à l'instant, avant que tous se dispersent. S'il avait dit quelque chose au moment de passer de l'autre bord, il aurait dit qu'il se sentait usé à la corde, qu'il avait hâte de sortir de lui-même. N'avait-il pas plus de connaissances maintenant chez les morts que chez les vivants?

Le directeur de funérailles apporta d'autres fleurs. Les hommes se poussèrent et les femmes s'avancèrent pour lire chaque petite carte agrafée au ruban.

Le temps où les endeuillés s'habillaient en noir des pieds à la tête était passé. Les jeunes hommes portaient un jean avec une chemise ou un t-shirt passé par-dessus la ceinture. Les jeunes femmes étaient vêtues d'un pantalon serré ou d'un corsaire et de jerseys colorés qui moulaient leurs jolis seins.

Quelqu'un prit le bras du Vieux dans l'intention de le faire asseoir sur un des petits fauteuils rembourrés couleur framboise. Il eut envie de dire que ce n'était pas d'un fauteuil dont il avait besoin, mais d'une tombe.

Une niaiserie. Ce n'était pas le moment des niaiseries. Il dit seulement qu'il voulait rester debout et se mêler au monde.

Un barbu s'approcha pour lui offrir ses sympathies. Ils regardèrent ensemble les deux morts dans leur cercueil. Le barbu remuait les lèvres. Il cherchait quelque chose à dire. Quand il trouva, il acquiesça de soulagement et répéta plusieurs fois que l'embaumeur méritait des félicitations. Le Vieux se sentit vieillir de quelques siècles encore.

Ce fut ensuite au tour d'une jeune femme avec un enfant. Il la reconnut sans savoir quelle place elle occupait dans la famille. Elle non plus n'avait pas l'air de savoir. Elle serra la main du Vieux. Se reprenant, elle l'embrassa. Elle avait les lèvres chaudes, le souffle chaud. Une main sur l'épaule du Vieux, elle se mit à parler vite et bas. Habituellement, il secouait la tête en montrant son appareil auditif dans l'oreille pour faire comprendre qu'il était sourd comme un pot. Cette fois, il laissa faire les lèvres chaudes, le souffle chaud. Il était sourd depuis assez longtemps pour avoir perdu foi dans le langage, mais à part cette perte d'ouïe et un mutisme tantôt inconscient, tantôt délibéré, il ne souffrait d'aucune des invalidités qui affectent les grands vieillards et il regardait avec ravissement les lèvres fraîches et purpurines sur lesquelles venaient s'échouer les mots.

La mort passait et lui, il restait. Il avait cent deux ans et sept mois. Faire savoir qu'il avait cent deux ans et sept mois suffisait à établir qui il était et ce qu'il attendait de l'avenir. La moitié d'une année et il aurait cent trois. Ce qui n'aurait aucune importance. Arrivé à cent ans, un homme avait habituellement sa place à l'ombre. Pas lui. Il spéculait. Quand? Quand le dernier pas? Le dernier arc-en-ciel? La dernière poignée de main? Demain? Après-demain? Dans la file d'attente pour le cimetière, il ne pouvait maintenant qu'être le premier en avant. La vigueur en lui s'en était retournée. Ses mains étaient couvertes de taches brunes. Il se tenait le dos cassé comme tous les vieux qui avaient travaillé fort. Sous les poils sauvages de ses sourcils, ses yeux couleur de pruneau avaient l'air de guetter la puissance batailleuse de la vie. Elle était là. Elle était là. Elle était encore là. En lui, cependant, les forces n'étaient plus de taille. À un moment donné, la vie allait donner un grand coup et le monde qu'il avait construit allait basculer.

La femme qui s'approcha ensuite, et l'embrassa aussi, avait une petite soixantaine. Elle plissa le front et lui sourit. Elle était la sœur de sa bru, la femme du Soudeur. Deux belles femmes. Elle lui rappelait tellement leur mère, elle aussi une belle femme.

Un peu plus tard, une foule d'enfants envahit le salon. C'étaient ceux que son petit-fils Marquis conduisait le matin à l'école et ramenait chez eux le soir. Quelqu'un avait dû leur dire sur le ton du chuchotement que le vieux monsieur courbé avait cent deux ans et qu'il enterrait aujourd'hui son fils et son petit-fils. Ils chuchotaient donc eux aussi, se retournant pour lancer des regards perplexes au vieux monsieur tandis qu'ils défilaient deux par deux devant celui qu'ils n'avaient connu qu'avec un volant dans les mains.

Une autre femme vint l'embrasser. Elle lui présenta un arrière-petit-fils. Il la reconnut. Elle avait un peu grossi, mais sa peau était toujours aussi attirante. À son enfant, elle expliqua que le vieux monsieur était le dernier père qui lui restait. Un père très éloigné dans le temps, fatigué, courbé, sourd, mais un père quand même sur qui il pouvait compter. Sa mère lui enleva sa casquette et lui dit de serrer la main de son arrière-grand-père. Ce qu'il fit.

Plus tard, le prêtre arriva avec son étole dans le cou et un petit carnet noir à la main. Levant les bras, il tourna plusieurs fois sur lui-même pour obtenir le silence. Toutes les bouches s'arrêtèrent et il lut dans le petit carnet. Seigneur, prends pitié. Seigneur, prends pitié. Seigneur, prends pitié. Joignant les mains, il continua avec les prières traditionnelles connues seulement des cinquante ans et plus. Un murmure monta. Le Vieux reconnut les répons marmottés en chœur du chapelet. Il sortit le sien. Il embrassa la croix. Il regarda les grains lustrés noirs que le temps avait ternis. Son chapelet était une des rares choses en sa possession aussi vieille que lui. Il l'avait reçu à six ans pour sa première communion. Il l'avait conservé sous son oreiller presque tout ce temps. Quand il ne parvenait pas à dormir, il le prenait et l'égrenait dans le noir sans vraiment prier. Quand il revêtait son habit, il le prenait sous l'oreiller et le mettait dans la pochette du veston à la place du mouchoir de fantaisie. Un porte-bonheur. Un porte-parole aussi.

Puis la foule se retira. Les dernières minutes étaient réservées à la famille proche. Les six filles du Vieux l'entourèrent. L'une d'elles lui prit le bras et ils s'approchèrent ensemble du prie-Dieu.

Il eut de nouveau la vision que son règne achevait. Il était un survivant. Les survivants sont des morts qui n'ont pas encore quitté la verticale, pensa-t-il.

Il posa tendrement la main sur le front de son fils le Soudeur. Il fit le même geste de reconnaissance pour son petit-fils Marquis. Il ne pensait à rien de compliqué. Un homme faisait l'homme. Une femme faisait la femme. Ce qui en résultait — s'il en résultait quelque chose — s'appelait un nouveau-né. Ce nouveau-né recevait un nom, juste un pour la vie entière, auquel s'accrocheraient un ou des surnoms à l'occasion. Une fois adulte, ce nouveau-né faisait l'homme à son tour — ou la femme. Ça s'appelait une histoire d'amour et, peu importait la proportion d'amour et d'histoire dans l'affaire, la vie humaine était assurée pour un bout de temps encore. Il en était ainsi depuis le chapitre d'Adam et Ève. Rien de compliqué. Un tel. Une telle. Une combinaison unique à laquelle on greffait maintenant l'évolution des espèces et la survie du plus apte. Puis, un jour, tout homme, toute femme, tout aïeul dans la longue lignée des reproducteurs disparaissait et finissait six pieds sous terre.

Le directeur de funérailles ferma les cercueils. Les porteurs s'avancèrent. Ils sortirent les fleurs en premier pour les ranger sur le plateau d'une limousine.

Le cortège contourna la pointe des Patriotes avant de s'arrêter devant le parvis. Le prêtre attendait sur le trottoir en compagnie des quatre servants de messe, du crucifix, des chandeliers.

Napierville avait été une paroisse en moyens qui avait fait le bonheur de ses curés successifs. Son église était vaste et pouvait accueillir un bon millier de fidèles. Au haut de colonnes de bois imitant le marbre, les feuilles d'acanthe des chapiteaux brillaient de dorure.

Une fois les cercueils posés sur les catafalques et conduits jusqu'au transept, les porteurs revinrent sur leurs pas jusqu'au porche, au-delà des bénitiers.

La lecture de l'épître était en cours lorsque Graziella et le Petit s'avancèrent dans la grande allée. Saint Paul s'adressait aux Thessaloniciens. Il leur disait que le jour où Dieu descendrait sur terre, les morts ressusciteraient à la vie éternelle les premiers, qu'ensuite les vivants seraient réunis avec eux et que tous alors remonteraient vers les cieux. La diacre se tenait des deux mains au grand livre sur le lutrin. Quand elle avait de la misère avec certains mots de plus de deux syllabes, elle plissait le front et s'arrêtait. Son souffle repris, la voix tonnait dans tous les haut-parleurs. Dieu était Dieu. Les pécheurs étaient les pécheurs. Les morts étaient les morts. La vie éternelle était la vie éternelle.

La lecture de l'épître terminée, un silence de fin de match envahit l'église. Se balançant sur ses grosses jambes, la femme mouva du lutrin à son fauteuil dans le chœur. Le curé se leva. Il paraissait perplexe et il s'écoula un long moment avant qu'il n'enchaîne avec l'alléluia.

*

Le Petit n'avait encore jamais mis les pieds à l'église. Ce qu'il savait de la religion de ses ancêtres se résumait à ce qu'on lui en avait dit à l'école. Il avait surtout retenu l'histoire d'Adam et Ève au Paradis et l'arnaque du serpent et de la pomme. Dieu, pour cette insignifiante gourmandise, les enguirlandait et les chassait de chez lui jusqu'à la fin des temps. Ou bien la Genèse racontait des peurs, ce qui se passait de commentaire, ou bien le Tout-Puissant existait bel et bien et, en ce cas, Il n'entendait pas à rire. Le Petit en avait parlé avec sa mère. Sa mère n'aimait pas tellement qu'on raconte des peurs. Cette histoire, elle lui donnait cependant le crédit de la simplicité. Plus simple que ça, il n'y avait pas d'histoire. Un couple, un lieu enchanté, un diable, un pommier... mangera, mangera pas. Elle lui donnait aussi le crédit de la durée. Ayant traversé les époques et les continents, elle faisait en quelque sorte partie du fil des événements. Une fois qu'on avait entendu la conclusion, on ne l'oubliait plus. Dieu s'était gardé le droit de décider et Il avait décidé. Une même condamnation, partout, depuis le début des temps, jusqu'à la fin des temps. Ne restait plus à chacun qu'à se fabriquer, à même sa vie étriquée, un sauf-conduit vers un ciel qui n'était autre que le palais du dieu ombrageux. Ce qui n'était pas donné à tout le monde.

Avec le recul, il était cependant facile de constater que c'était une histoire pleine de trous. Rien n'était dit du hasard. Rien n'était dit de l'évolution. Rien n'était dit des forces géologiques à l'œuvre bien avant l'apparition d'Adam et Ève. Rien n'était dit des dinosaures. Des quatre-vingt milliards de galaxies. Des civilisations disparues et des religions concurrentes.

Le prêtre chantait les bras levés. Les fidèles répondaient. Le Petit était fasciné. Il voulut s'approcher de ce qui se passait en avant. La promesse de résurrection des morts et de la montée au ciel des vivants lui avait fait forte impression. Il demanda à sa mère s'il pouvait s'avancer encore. Grazie lui dit d'un signe qu'il pouvait s'avancer tant qu'il voulait. Manifestement, elle avait l'esprit ailleurs qu'à la cérémonie et le Petit s'avança jusqu'au transept, antichambre du ciel.

*

Pendant des années, Graziella avait refoulé ce qui s'était passé entre elle et Marquis. Pour l'un comme pour l'autre, les élans s'étaient obscurcis. L'oubli avait étendu son silence. Et voilà qu'aujourd'hui, ce qui avait été fusait, et ses tempes battaient. Elle était démontée. Son cœur haletait en solo. Grazie sentit l'urgence de mettre de l'ordre dans cette agitation.

De tous les êtres qu'elle avait croisés, Marquis était celui qu'elle avait le mieux compris. Tu me veux, je te veux. Communion n'était pas le mot. Elle se rappelait les après-midi passés dans une chambre d'hôtel sur la grand-route du village. Ils parlaient peu. Elle était attirée. Il était attiré. D'où venait cette attirance ? avait-elle demandé une fois. Marquis ne se posait pas ce genre de questions. Il n'y répondait pas non plus. Il usait de quelques phrases toutes faites, qu'il adaptait aux circonstances. Il usait plus souvent encore de monosyllabes. Un étroit sentier de monosyllabes. Graziella était allée voir dans ses propres pensées. Tous deux étaient aussi proches qu'on peut l'être. Être aussi proches l'avait intérieurement transformée. Pas lui.

Quand il était parti vers d'autres aventures, il avait dit ce que disent tous les hommes quand ils ont la maladie de partir : attends-moi pas.

De son côté, elle avait fait ce que font bien des femmes quand elles se sentent aussi proches d'un homme : elle avait attendu. Un mois. Deux mois. Six mois. Elle était enceinte.

Un jour qu'elle quêtait comme d'habitude à la sortie de l'épicerie, une femme avec une mallette l'avait abordée, disant le plus sérieusement du monde qu'elle était payée pour l'aborder, elle, parce qu'elle quêtait, parce qu'elle était enceinte, parce qu'elle et le bébé avaient besoin d'aide et que la société aidait les gens qui ont besoin d'aide.

Elles étaient allées ensemble au CLSC nouvellement installé dans l'immeuble agrandi de la pharmacie.

Un médecin l'avait examinée.

Elle avait dû répondre à des questions sur son passé, son présent, son avenir. Était-elle malade ? Déprimée ? Suicidaire ? Qu'avait-elle en tête ? À quoi pensait-elle ? Une case pour chaque partie de son être.

Ces gens-là étaient sérieux. Grazie voulait cet enfant. Ils n'allaient pas la laisser tranquille. Derrière les portes closes, elle avait pris peur.

Elle avait pensé disparaître, non comme Marquis, qui n'avait jamais réellement disparu, mais comme ces gens infatigables qui, au lieu de rester sur place, se mettent tout simplement en route comme s'ils étaient la route. Aujourd'hui, elle aurait répliqué à la fonctionnaire et au médecin derrière leur bureau : le curé, dans sa grande église dorée flanquée d'un presbytère de dix chambres, quêtait bien, lui.

Finalement, elle avait accepté l'aide qu'offrait la société. Avec l'argent du BS, elle avait loué une petite maison dont personne ne voulait. L'enfant était né. Elle avait cherché un travail qui lui permettait d'être tout le temps avec lui. Parfois, elle croisait le fantôme de Marquis et il sortait quelques billets de sa poche.

La messe achevait. Graziella se demanda si elle allait suivre le cortège jusqu'au cimetière.

Dans la grande allée, le Petit flânait de banc en banc. Quand il se retournait pour la regarder, elle lui faisait signe de revenir, mais il faisait non de la tête. Elle pensa que le jour n'était pas loin où il n'allait plus faire qu'à son idée. Elle ne serait plus mère. Il ne serait plus enfant.

Les gens s'avancèrent pour la communion. Des chants emplirent l'église de leur solennité.

Graziella vit le Petit effleurer de la main en passant les deux cercueils. Il bougeait bien. Il semblait à l'aise, même quand il n'était pas à sa place, comme en ce moment. C'était pour parler qu'il avait un problème. Les mots ne sortaient pas. Plusieurs fois, la directrice de l'école lui avait parlé d'orthophonie, d'exercices à faire. Elle lui avait donné un nom, un numéro de téléphone. L'école faisait ce qu'elle pouvait, mais ce n'était pas assez. Graziella imaginait un défaut dans la gorge, une roue dentée qu'un orthophoniste, bien payé, pouvait réparer. Elle avait appelé et avait dit qu'elle n'avait pas d'argent. L'orthophoniste s'était montré arrangeant. Les séances avaient commencé. Le résultat se faisait attendre.

Les gens en file pour la communion détournaient le regard. Graziella fit signe au Petit, mais il ne la vit pas. Il regardait du côté du Vieux, dans le premier banc en avant, raidi, exsangue, des rides, des yeux, un nez, une bouche, mais plus de vivacité.

Après les rituels de l'encens et de l'aspersion des morts dans leur tombe, les porteurs s'avancèrent dans l'allée. Le cortège se forma derrière.

Le Petit surgit entre les bancs. Oooù… lles aaamènent ? voulut-il savoir. Au cimetière. Tu veux y aller ?

Ils y allèrent. En route, Graziella raconta ce qu'elle savait des cimetières, de la part de territoire que la société des vivants consentait à laisser à la société des morts, un lieu de réunion, un espace de paix, de repos et d'éternité, sans distinction entre bons et méchants, chaque pierre tombale portant le nom, la date de naissance et la date d'expiration, parfois une épitaphe, juste quelques mots, pas plus, comme lorsqu'on prend congé, parce que le sort des vivants était déjà assez compliqué comme ça, pleurs, lamentations, sans y ajouter le mal de vivre des morts.

Les limousines tournèrent à droite et s'arrêtèrent devant la grande croix. Les porteurs descendirent et sortirent les cercueils pour les poser sur les sangles. Le curé récita une prière tout en aspergeant abondamment de son goupillon le grand trou dans la terre bordé d'un tapis de gazon synthétique. Seigneur, prends pitié! Seigneur, prends pitié! Seigneur, prends pitié!

*

Le Vieux avait encore vieilli. La profondeur des rides lui faisait maintenant un masque. Sa vue rapetissait. Ce qui ne l'empêcha pas de voir, tout au bout du cimetière, que le maïs avait levé à plein champ. Des pousses d'un beau vert humide en fines lignes parallèles qui pointaient l'infini. C'était d'une beauté simple, comme un dessin. L'humain savait y faire avec les lignes, les tracés, les volumes. Pas étonnant qu'il ait mis ses morts en rangs d'oignons dans la terre et aligné dessus des gardiens de pierre.

Le Vieux se pencha. De peine et de misère, il prit une poignée de terre et la laissa tomber au fond du trou. Chaque cercueil sonna creux comme si son occupant s'était volatilisé. Si l'angoisse avait un bruit, c'était celui-là, une vibration très basse qui traversa comme un bourdon le silence dans lequel il vivait depuis des années.

Le Vieux se releva, la vue bouchée par la douleur. Il approchait d'un autre temps, un temps rudimentaire, sans suite, une mémoire pour chaque événement. N'empêche qu'il n'était pas encore une tombe. Il pressentait quelque chose, quelque chose qui n'était donné à entrevoir qu'aux trompe-la-mort comme lui : que la vie, et non la mort, est la véritable surprise.

Une main le toucha. Une main qui, à sa manière frivole de toucher, ne pouvait être que celle d'un enfant. Le Vieux chercha aussitôt cette main. C'était celle du Petit. Il la trouva et la serra chaleureusement entre ses paumes. Aussi loin que remontaient ses souvenirs, il y avait toujours eu des mains dans ses mains, comme il y avait toujours eu des créatures oniriques dans son sommeil. Les mains de sa mère. Les mains de ses grands frères et de ses grandes sœurs. Les mains des épouses. Les mains des enfants. Des petits-enfants. Des arrière-petits-enfants. Les chauds maillons d'une chaîne.

Le Petit retira sa main. Il se pencha sur le tapis de gazon et saisit lui aussi une bonne motte de terre. Dressé au bord du trou, il la souleva au-dessus de sa tête et la lança de toutes ses forces.

8

L'été, Francis allait rarement au village. Levé à la barre du jour, il nourrissait ses vaches, les trayait, s'assurait de la santé de chacune, donnait à boire aux veaux. Après déjeuner, il s'attelait à la corvée de fumier, et, s'il faisait beau, partait ensuite pour les champs. Il y avait toujours à faire dans les champs. Quelqu'un d'un tant soit peu attiré par la perfection aurait pu y passer ses journées. Il fallait savoir s'arrêter. À cinq heures, il retournait à l'étable. Re-nourriture et re-traite. Re-examen aussi. Un vacher, dans son étable, était comme un soignant dans un hôpital : il examinait, il tâtait, il interprétait. Francis avait encore en tête le sort de Bonté III, le sort de tant d'autres avant elle. La vie d'une vache était remplie d'épreuves. À huit heures, d'autres fois à neuf s'il avait pris du retard, il pouvait se dire à lui-même, fumant une cigarette : une autre journée de faite. Souvent, il ôtait ses bottines et s'endormait là, sur la galerie. Son père, en son temps, avait fait pareil et sans doute avant lui toute la lignée des ancêtres qui s'était fendue en quatre pour se faire un coin de pays. Une chose sautait aux yeux : ceux qui quittaient les vaches et les champs, à la recherche d'une vie moins accaparante, ne revenaient jamais. Autre chose aussi : une journée de faite, il y avait encore la nuit.

Sur le répondeur, le premier message disait : salut — j'ai vu ton annonce — on pourrait se rencontrer demain — cinq heures — au terrain de jeu du village. Suivait un numéro de téléphone. Merveilleux, pensa-t-il, merveilleux : la voix affirmative et sonnante de quelqu'un qui dit quand, qui dit où. Une bonne affaire de faite.

Il téléphona et laissa à son tour un message : salut — cinq heures c'est trop tôt — il faut que je m'occupe de mes vaches — disons neuf heures — c'est quoi ton nom ? rappelle-moi.

Au message suivant, la voix était devenue plus coulante, *demain* était devenu samedi en huit et le *terrain de jeu*, la pointe des Patriotes.

Drôle de place pour tomber en amour, où il n'y a jamais personne, aucun risque de me tromper de dulcinée, pensa Francis. Il était intrigué. Il téléphona : OK pour samedi neuf heures — c'est quoi ton nom ?

Il attendit un retour d'appel qui ne vint jamais.

*

En prévision des foins, Francis avait engagé un jeune voisin. Celui-ci était gros, grand, fort comme un cheval, plein de bonne volonté, mais il avait les mains pleines de pouces, ainsi qu'une curieuse attitude envers les vaches. Pas moyen de le convaincre qu'une vache était l'hospitalité même, que l'être le plus important au monde, pour elle, n'était pas une autre vache, mais la personne qui s'occupait d'elle. Il n'avait pas peur, non, n'empêche qu'il se tenait le plus loin possible, et, quand il s'approchait, c'était les bras en avant, prêt à reculer au moindre mouvement suspect. Les vaches sentaient cette circonspection. Elles s'arrêtaient de ruminer, le cou raide, les yeux gros, aux aguets. Alors, il hésitait. Un cercle vicieux qui n'était pas d'avance. Francis lui disait qu'il allait s'habituer, les vaches aussi, mais au fond de lui-même il n'y croyait pas trop.

Deux bêtes souffraient de boiterie. Elles restaient couchées et mangeaient moins, ce qui affectait leur production. Le vétérinaire les avait examinées. L'une avait un ulcère à la sole. Il avait taillé l'onglon et l'avait fait tremper dans une solution médicamenteuse. L'autre, sœur de Bonté III, c'était son genou droit avant. Il fallait lui donner de l'espace, la faire marcher.

Le samedi de son rendez-vous à la pointe des Patriotes au village, Francis s'occupa lui-même de baigner le pied de celle qui avait un ulcère. Il confia à son employé la tâche de promener au bout d'un câble celle qui avait mal au genou et se sauva vite à la maison. Il prit sa douche. Il se rasa. Le drain du lavabo paraissait en partie obstrué. Francis mit le clapet, remplit la cuvette, la regarda se vider plus lentement qu'elle n'aurait dû. Sa mère n'avait rien dit. Habituellement, elle était prompte à le tanner avec ces petits détails domestiques.

Elle avait appris, pour les affiches, avant même les messages sur le répondeur. Une de ses sœurs, qui habitait devant la meunerie au village, l'avait appelée. Elles avaient placoté : les vaches, les champs, l'entretien des tracteurs, des machines, des bâtiments, de la maison — un homme, en pareille situation, avait-il le temps pour une femme ? Un soir, Francis préparait la traite quand la porte de la laiterie s'était ouverte. Qu'avait-il en tête ? lui avait-elle lancé. Il l'avait écoutée avoir raison. Rien qu'il ne savait déjà. Il n'avait rien dit. Quand, sans prévenir, il avait appuyé sur le piton du compresseur et que le vacarme de la machine avait rempli l'étable, pauvre elle, elle avait bien été forcée de se la fermer.

Il enfila une chemise, un pantalon, des souliers de fantaisie qui lui faisaient mal aux pieds, il n'en avait pas d'autres. La journée avait été longue. En début d'après-midi, son jeune employé avait mal calculé son coup et heurté un arbre avec le râteau à foin. Une heure et demie à courir à droite et à gauche, à dévisser des boulons, à souder la pièce cassée, à revisser les boulons, à regagner ensuite le temps perdu.

Sa mère attendait en bas dans le séjour. Il vit son regard contrarié se tourner vers le téléviseur, son doigt hausser le volume sur la commande à distance. Elle ne dit rien. Il ne dit rien. Dehors, dans la nuit, c'était une part du passé qui attendait, comme un pincement, odeurs, cheveux, surfaces de chair. Francis avait rencontré Huguette à seize ans, juste avant la mort de son père. Une rencontre de quelques années qui avait débouché sur rien. Il lui restait une blessure.

Il monta dans le pick-up, crampa à gauche en reculant, embraya en ligne vers le village. Sous la sentinelle, devant l'étable, son employé, qui promenait la vache au bout d'une corde, le salua de la main.

Dans la lumière des phares, il aperçut bientôt une remorque verte chargée de balles de foin rondes, c'était Clément. Clément avait été chanceux : il était tombé pile la première fois. Résultat : ils étaient deux, aujourd'hui, lui et sa femme Carmen, à travailler seize heures par jour sur la ferme.

Sa belle Huguette, elle, tenait à jour l'agenda d'un patron et répondait au téléphone quelque part en Alberta, tandis que celui qu'elle avait choisi pour mari, aux commandes d'une pelle hydraulique géante, brassait les sables bitumineux du nord pour en extraire du pétrole canadien. Ce qu'elle avait dit à Francis, dix ans plus tôt, quand il lui avait proposé de former un couple, de travailler ensemble, éventuellement de se reproduire, c'est : non, tu m'auras pas, pas question de m'enfermer à Napierville avec des vaches. Il y avait vu un réalisme de femme, une aspiration à un mieux-être qui excluait une bonne partie de Napierville, les vaches, les champs, la saleté, la sueur et l'isolement.

Par habitude, il emprunta le pont Daunais-Decoigne. Sa grand-mère paternelle avait habité un peu plus loin, la maison blanche avec une véranda côté pignon. Comment est-ce qu'on connaît quelqu'un ? Elle était morte, Francis avait neuf ans, pourtant il la chérissait encore. Quelque chose en elle. Une façon de vivre. Il se rappelait la coiffure, la forme des lunettes, la cicatrice sur la lèvre du bas, résultat d'un chancre que les médecins avaient énucléé, les longs tabliers blancs, les chaussures blanches, elles aussi, qu'elle lui demandait souvent de détacher et de rattacher moins serré. Il y avait un portrait d'elle, jeune femme, accroché au mur du salon, en robe à fleurs, debout, bouquet de fleurs sous l'encolure ; cette femme jeune, il ne l'avait pas connue, pourquoi avait-il l'impression de la connaître mieux que bien de ses proches ? Elle existait. Elle existerait toujours.

Le pick-up garé devant les bureaux réunis du notaire, du dentiste et du comptable, rue Saint-Jacques, Francis regarda sa montre. Il n'y avait pas de presse. Il avait dix minutes pour réfléchir, pour acheter un paquet de cigarettes au dépanneur, le mettre dans sa poche sans l'ouvrir. Repasser devant le bureau de poste. La pointe des Patriotes n'était qu'à deux minutes.

Trois gros camions-remorques s'amenèrent par le pont Grégoire. Le feu passa au rouge et ils s'arrêtèrent. Francis reconnut l'odeur. Il entendit même les plaintes : hi hii hiii. Plusieurs vachers, comme lui, avaient vendu leur troupeau de ruminants et s'étaient lancés dans l'engraissage du cochon, pour la raison, bonne ou mauvaise, que le cochon engraissait et prenait le chemin de l'abattoir rapidement et presque tout seul, pas besoin de s'approcher de lui, de le toucher matin et soir, de lui parler, de s'inquiéter de son sort ; on avait des loisirs, tandis que, vacher, on ne disposait que de quelques minutes pour réfléchir à ce que c'est qu'avoir des loisirs, rêver, baguenauder. Que voulait-il ? D'abord une cigarette. Il tâta le paquet dans sa poche, respira un grand coup. L'idée que la cigarette était un poison lui était finalement entrée dans la caboche. Il avait arrêté. Il suçait maintenant des pastilles, et, quand il n'en avait pas, il se mordillait la joue. Plus sérieusement, que voulait-il ? Avoir de nouveau seize ans aurait été merveilleux. Il en avait trente-deux, deux fois seize. Une vie en deux parties, comme en ballant. Que voulait-il ? Des loisirs d'engraisseurs de cochons ou bien le moyen, s'il existait, de raccorder toutes les parties de sa vie en un tout solide.

*

Il y avait eu les vacances de la construction. Deux semaines sans salaire. Le matin, le Petit traversait la rue et jouait dans la cour de l'école. Il s'était fait une amie et cette amie, qui habitait de l'autre côté de la rivière, apportait une corde à danser, une vieille trottinette, des suçons et des canettes d'orangeade.

Le grand air lui donnait des couleurs. Ses bras et ses jambes avaient bronzé. La piscine se trouvait plus loin, passé l'école. Graziella l'amenait en fin d'après-midi. Son amie s'appelait Juanita. Pendant les repas, c'était Nnniiita ici, Nnniiita là.

Grazie avait demandé le nom du père de Juanita, le nom de sa mère, leur nationalité, ce qu'ils faisaient comme travail. Le Petit n'en savait rien. Ce qui l'intéressait, c'était jjjooouer. Grazie se disait qu'il avait droit aux beaux côtés du monde.

Les deux semaines de vacances de la construction terminées, Sam Samson, l'entrepreneur, ne se montrait nulle part, et Phil Fournier, celui pour qui elle avait travaillé au printemps, n'appelait pas. Au babillard de l'épicerie, Grazie épingla une affichette où elle avait écrit, en haut, *petits contrats de peinture*, au milieu, son nom, en bas, son numéro de téléphone sur des découpures à déchirer. Elle passait chaque jour voir si son annonce s'y trouvait toujours, entre les autos à vendre et les chiots à donner. Elle s'y trouvait, mais à l'évidence elle n'était pas assez grande, il aurait fallu un immense panneau pour attirer l'attention de Napierville sur une peintre qui cherchait juste à gagner sa vie et celle de son enfant.

L'argent ne manquait pas encore, n'empêche qu'elle était troublée. Quelque chose ne tournait pas rond. Pas de quoi se sentir en danger, juste un pressentiment, le pressentiment que vouloir et savoir travailler ne suffisaient plus. Elle faisait de longues marches. Elle passait devant des chantiers qui avaient rouvert après les vacances et maintenant achevaient, devant un autre qui venait de commencer. Un inconnu avait pris sa place à Napierville, quelqu'un qui faisait aller son pinceau sans doute plus vite pour moins cher. Elle préférait ne pas savoir qui.

Elle passait devant la banque, succursale de celle où elle avait travaillé à Montréal.

Quand elle rentrait de ses promenades, la gorge sèche, elle se dirigeait tout de suite vers le téléphone et son précieux répondeur. Elle buvait ensuite un grand verre d'eau. Elle se mettait à penser à sa famille, au passé, son père, sa mère, ses deux sœurs, au climat enjoué de la maisonnée quand elle était petite enfant. Grazie avait huit ans, ses deux sœurs près de douze, quand leur père avait perdu son emploi à Saint-Jean. L'usine fermait. Les filles n'avaient jamais su quel travail il y faisait : il disait *job*, il disait *grinder*, il disait *switch*, il disait *wrench*, et ce qui sortait de la *shop* étaient des *floats* de *trucks*. Il n'avait pas retrouvé de véritable emploi par la suite. Il était vendeur itinérant, livreur d'épicerie, et, chaque automne, emballeur dans un entrepôt de légumes. L'hiver, il pelletait la neige des entrées. Grazie se rappelait un père toujours de bonne humeur, convaincu que les brutalités du monde s'arrêtaient d'elles-mêmes à la porte des maisons, qui jouait aux cartes avec ses amis, taquinait ses filles en leur racontant des histoires sans queue ni tête, lesquelles mettaient en scène un pauvre roi errant mangeur de navet, une chèvre qui grimpait aux arbres, des piquets et des cailloux qui indiquaient leur chemin dans le monde au roi et à la chèvre. Grazie avait quinze ans quand il avait perdu pied dans un escabeau et s'était fracassé le crâne sur la dalle de ciment. Rien de plus qu'une malchance, aurait-il raisonné s'il avait pu encore ouvrir la bouche et raconter ses histoires absurdes. Les sœurs de Grazie étaient parties travailler. Leur mère s'était mise en ménage avec un autre homme. Grazie, elle, avait commencé à rêver d'une existence rien qu'à elle, comme, enfant, elle avait rêvé de choses rien qu'à elle, un jouet, un animal en peluche, un chapeau. Comment n'être pas nostalgique? Elle avait alternativement et sans mesure appris à aimer et à haïr chacun de ses proches, puis elle s'était éloignée d'eux, entrant dans un monde où aimer et haïr n'avaient rien de simple, épuisaient.

Qui était-elle? Rêvait-elle encore? Elle se le demandait, tout en préparant le plat préféré du Petit, une casserole de macaronis au beurre, fromage, sauce tomate. Elle entendit des rires et se retourna. C'était Juanita et le Petit. Ils avaient faim. Grazie se garda une petite portion.

Le lendemain, le Petit demanda s'il pouvait dîner chez Juanita. Il revint à la brunante. Elle lui demanda ce qu'il avait mangé. Il ne savait pas. Était-ce bon? Il répondit par un signe de tête et un sourire.

Elle se coucha, même si elle n'avait pas le goût de dormir. Finalement, le sommeil l'enveloppa et elle se réveilla des heures plus tard alors que résonnaient, dans la cuisine, cris et fusillades à la télévision. Elle respirait mal, avait peine à lever les pieds. Ça lui était déjà arrivé, enfant, plus tard aussi à la banque. Une impression de s'effilocher. Elle appela. Le

Petit baissa le son du téléviseur. Elle se leva. Devant le miroir, elle se frappa les joues à plusieurs reprises.

Il faisait très chaud. Le midi, elle amena Juanita et le Petit pique-niquer sous les arbres, derrière l'école, ensuite se baigner.

Le lendemain était vendredi. La vague de chaleur sur Napierville se poursuivait. Malgré l'heure matinale, elle retourna chez Sam Samson. Elle parla à Phil Fournier. L'un et l'autre lui dirent que ce n'était pas le bon moment — peut-être plus tard à l'automne.

Au retour, elle s'arrêta à la Caisse populaire. Là aussi, un entrepreneur avait installé des grilles de sécurité, une pancarte, des machines à creuser et à soulever. On y voyait des tas de terre, des poutrelles, de l'isolant jaune, des blocs de pierre et des briques sur des palettes, des ouvriers avec des casques, le t-shirt mouillé de sueur. Elle demanda à un maçon où était le gérant. De sa truelle, il montra un homme bedonnant, derrière la portière de sa camionnette, tout occupé à téléphoner.

Elle attendit devant la calandre, en plein soleil. Quand il couvrit finalement son téléphone de la main, ferma à moitié un œil en signe de qu'est-ce que tu veux, ma petite, fais ça vite, elle s'approcha et lâcha ce qu'elle avait à dire.

Bonjour — je cherche de l'ouvrage — je suis peintre.

Le visage de l'homme resta tel quel, entre contrariété et désintérêt.

Ma petite madame, j'ai tous les employés qu'il me faut.

Mais j'ai besoin de travailler — j'ai un loyer à payer — un enfant à nourrir…

Ça se peut ça se peut.

Il souffla un bon coup, chassant Grazie de ses pensées.

Désolé.

Grazie eut soudain très chaud, comme une poussée de fièvre. Elle revint à la maison, respirant avec peine, la sueur lui coulant sur le visage. Quelque chose ne tournait pas rond. Il n'y avait plus de Napierville, plus de pays, plus d'humanité du tout, juste une haute muraille : banques et entrepreneurs d'un côté, de l'autre côté, la multitude des travailleurs comme elle, avec leurs pauvres instruments de survie, permis de travail, marteaux, truelles, pinceaux. Elle vit poindre le moment où elle ne saurait plus quoi faire, ni où aller, lèverait la tête, regarderait à droite, à gauche, recommencerait, à droite, à gauche, jusqu'à l'inanition, comme les chenilles arpenteuses.

9

C'est toi?

C'est moi.

Francis.

Graziella.

Voyant venir quelqu'un de l'autre côté du mémorial aux Patriotes à grands pas, un peu penché, balançant les bras, manches de chemise roulées jusqu'au coude, elle avait pensé : homme cherche femme, et sa pensée s'était aussitôt retournée : femme cherche homme. Le choc des rêves. Ils étaient à égalité.

On peut se donner une poignée de main...

Si tu veux.

Il était bien tel que sur l'affiche : grandeur moyenne, mince et robuste à la fois, cheveux blonds, tête calée, yeux cernés.

On peut aller ailleurs...

Non non, je suis bien ici.

Comme tu voudras, mais si tu changes d'idée...

Il s'adossa au monument.

Tu es sûre, on peut aller au bar, il y a la terrasse derrière.

Une autre fois.

Il la regarda, et, pour la première fois, se passa de mots, sourit.

Grazie fut forcée d'admettre que de son côté elle ne poussait pas fort sur la belle façon. Elle avait envie de se sauver. Un mal-être qui ne pouvait durer plus longtemps. Mieux valait lui dire tout de suite qu'il y avait un enfant dans le portrait.

Un garçon, une fille?

Un garçon. Il va bientôt avoir dix ans.

Merveilleux!

Grazie attendit. Rien d'autre ne vint.

Qu'est-ce que tu veux dire?

Merveilleux, c'est ce que j'ai dit.

Grazie était bien d'accord : merveilleux. N'empêche que rien n'était simple.

C'est pas facile, dit-elle.

J'aurais dû apporter des formulaires, tu sais, comme dans les agences de rencontres. On les aurait remplis. On aurait comparé. Qu'est-ce que t'aimes... qu'est-ce que t'aimes pas... qu'est-ce que j'aime... qu'est-ce que j'aime pas. Couleur préférée. Libéral ou péquiste ?

Sauf qu'il fait bien trop noir pour crayonner des formulaires...

Ils se sentirent mieux, assez pour rester à leur place et se zieuter sans avoir l'impression de se retrouver l'un et l'autre dans le grossissement de jumelles comme des oiseaux exotiques.

*

Elle s'était informée. Au restaurant, Gilles lui avait dit qu'il n'y avait pas de meilleur éleveur de vaches de Napierville. À la quincaillerie, où elle s'approvisionnait en pots de peinture, ruban-cache, rouleaux et pinceaux, Georges avait abondé dans le même sens : le meilleur éleveur de Holsteins de Napierville. À la bibliothèque, où elle avait amené le Petit et son amie Juanita, le visage de Gisèle s'était éclairé d'un large sourire : bien sûr que je le connais, c'est mon cousin, le meilleur éleveur de vaches Holsteins...

S'il était bien le meilleur en quelque chose, pas un mot. Grazie croyait comprendre : en dehors d'une étable ou d'un concours agricole, un éleveur de vaches n'avait pas intérêt à se vanter. Cultivateurs, habitants, *farmers*, même son père, d'habitude si peu médisant, les traitait d'abrutis.

Reste pas planté là comme un piquet, assis-toi.

Il regarda en l'air, bougea, ce qui déplaça des ombres autour de lui comme des ronds dans l'eau puis, finalement, il resta debout, bras en anses d'amphores, pouces accrochés aux poches de son pantalon, l'air d'un gars pas achalé.

Il paraît que tu élèves des vaches.

En plein ça, oui.

Tu en as combien ?

Ça dépend des années : une trentaine, jamais plus que quarante.

C'est beaucoup, ou pas beaucoup ?

Ça dépend.

De quoi ?

De la façon dont on s'en occupe.

Tu aimes ça ?

Ça dépend.

Elle était impressionnée, perplexe aussi : quelqu'un qui vivait avec des vaches, leur donnait à manger, leur donnait à boire, trayait leur lait pour le vendre à bon prix, s'occupait de leurs veaux, une sorte de berger.

*

De question en question, Francis se secoua, fit le tour du mémorial, penché, puis il vint s'asseoir près de Grazie.

Je me demande s'ils ont trouvé ça dur ?

De qui tu parles ?

Il montra le monument.

Les gars déportés en Australie : quatre mois en bateau à voile, tu imagines ?

Il faisait non de la tête, lèvres serrées, imaginant le long voyage, les travaux forcés, le retour dans les familles après cinq ans.

Elle lui avait dit, pour le Petit. Fallait-il lui dire maintenant qu'il y avait eu une époque où elle avait passé ses nuits et une bonne partie de ses journées ici, dans ce minuscule paysage historique, avec pour seule compagnie les noms des deux pendus à la prison du Pied-du-Courant à Montréal, ainsi que ceux de la douzaine de déportés en Australie, une époque où, comme les Napiervillois dont on avait brûlé les maisons, les granges et les récoltes, elle se disait : mais dans quel pays est-ce que je suis, qu'est-ce qui est arrivé, je ne vois rien, je ne sens rien, je ne comprends rien et je ne veux rien savoir, je peine, est-ce la folie, la folie courte, comme l'exil, ou la folie longue, comme la mort, je donnerais cher pour que la nuit soit déjà passée.

Dis-moi donc, Francis, pourquoi une affiche ? Tant qu'à y être, pourquoi pas une annonce dans le Journal de Montréal ? Ou sur Internet ? J'ai l'impression que tout Napierville nous regarde.

Qu'ils regardent !

À part moi, qui a téléphoné ?

Personne d'autre.

Personne ?

Non.

En ce cas…

T'as raison, on est pognés ensemble. Merveilleux, non ?

Il rit de bon cœur et se leva.

Viens, dit-il.

Grazie comprit qu'il n'en démordrait pas — ça passe ou ça casse. Danses, bars, salles de cinéma, théâtres, restaurants, tout ce qui avait été inventé pour standardiser les rencontres hommes femmes, guider les à-peu-près conversationnels, rapprocher assez des inconnus pour en faire des êtres présentables l'un à l'autre, tout cela il le voulait pour eux aussi. À Napierville, à part le restaurant Chez Gilles, fermé à cette heure, il n'y avait que le bar. Ils y allèrent.

*

Grazie observait Francis. Il tenait le verre et il tenait la bouteille, buvant une courte gorgée, tantôt dans le petit contenant, tantôt dans le grand. Grazie avait déjà vu des ivrognes à l'œuvre. Il n'en était pas un.

C'était leur deuxième rencontre au bar. Grazie en imaginait des dizaines d'autres, même heure, même place. Le bar en question, qui avait traversé les époques, semblait ce que Napierville avait de mieux à offrir aux nuls en communication, peut-être à cause de son nom : Le Voyageur, traduction loi 101 de *The Traveller's*.

De la terrasse surélevée, ils apercevaient des éclairs de chaleur, une chorégraphie qui inondait l'horizon.

Il faut faire quelque chose, toi et moi.

On fait déjà quelque chose.

Dit comme ça...

Francis but une gorgée de bière, regarda autour de lui, inspira plusieurs fois.

Pouah!

L'odeur de l'usine, qui, les nuits sans vent, stagnait au-dessus du village, le gênait. Il secoua la tête. Arrange-toi pour qu'il pense à autre chose, se dit Grazie.

Tu crois que l'orage s'en vient?

J'espère pas.

Tandis qu'il expliquait en long et en large pourquoi un orage n'est jamais bon pour les champs, trop d'eau d'un coup, trop de rafales, Grazie vit un petit gros se lever de table, où il était seul, et se diriger à pas chancelants vers eux.

Francis en était aux mérites des rigoles, des fossés, du drainage souterrain, quand le petit gros, les larmes aux yeux, lui asséna un semblant de coup de poing ami sur l'épaule. Puis il rit, un rire soûl.

Tiens tiens, Mystique en personne! s'exclama Francis.

Gestes lents, regard perdu, le dénommé Mystique approcha une chaise.

Il avait atteint cet état d'ébriété où l'espace rétrécit, corps, chaises et tables se rejoignant pour former un brouillard épais.

Il est souvent comme ça? demanda Grazie.

Francis regarda sa montre.

À cette heure-ci, oui.

Quel est son problème?

Moral à terre — dépression, comme on dit. C'est dans la famille, sa mère, sa grand-mère, des oncles et des tantes, des cousins. Viens, on va le ramener chez lui.

Grazie se rappelait avoir eu les esprits épaillés, mais pas comme ça. Francis le guida de la terrasse vers l'intérieur, puis entre les tabourets et les tables. Il n'y avait personne, excepté les clients pour qui bière et danseuse, sous un spot orange, allaient nécessairement de pair.

Je m'appelle pas Mystique, dit Mystique en s'arrêtant en bas de l'escalier.

Tu t'en souviens même pas, de ton vrai nom, répondit Francis.

Je m'appelle pas Mystique.

Un sourire fin comme une flamme rendait son visage mal rasé presque beau. Front lisse, bouche entrouverte, il était triste et content, content et triste : quelqu'un lui parlait, quelqu'un l'écoutait. Francis ouvrit la portière du pick-up.

Monte, dit-il.

Je veux une bière.

Monte.

Francis attendit. Rien ne servait de le braquer. Il faisait ce qu'on lui disait, du moins quand quelqu'un était là pour lui dire quoi faire. Il réussit à enjamber le marchepied, ensuite à s'asseoir.

Je veux une bière.

Demain, demain…

Soudain, la pluie chaude s'abattit, quelques gouttes dispersées, puis un torrent.

Hin… hin… hin… .

Les yeux de Mystique se fermèrent et il tomba endormi comme une poche entre eux deux. Francis traversa lentement le pont, continua tout droit.

Ce n'est pas la première fois que quelqu'un le ramène, expliqua Francis.

Pourquoi on l'appelle Mystique ?

Francis haussa les épaules. Il n'avait pas la réponse. Probablement une espièglerie d'écoliers dont Mystique n'avait jamais réussi à se défaire.

Ils traversèrent la voie ferrée. Tous feux allumés sur les pourtours de sa remorque, un gros camion les précédait, aspirant la pluie pour ensuite la projeter en tourbillons. Il tourna bientôt à gauche. Francis accéléra, mais dut aussitôt ralentir, tellement les pneus chassaient sur la route inondée.

Qu'est-ce que tu disais ? demanda Grazie.

Moi ? Rien.

Défile-toi pas : tu disais que nous deux, on devrait faire quelque chose.

Ah oui, t'as raison, j'ai dit ça. On peut commencer par réveiller Mystique, on arrive…

Tu veux dire nous en débarrasser sur le bord du chemin ?

Non, non, il habite ici.

Il tourna à gauche et klaxonna un long coup.

T'es arrivé, Mystique, fin de party !

Francis le brassa. Il grimaça : ou bien il faisait un cauchemar, ou bien le mélange d'alcool et de médicaments qu'il avait pris lui tordait l'estomac.

Viens, dit doucement Grazie, viens.

Il écarta grand les doigts et le pouce de ses deux mains, les referma plusieurs fois sur la paume.

Tandis que Francis et Grazie le soutenaient, quelqu'un sortit de la maison. Dans le magma de lumière des phares et de pluie, la ressemblance du frère et de la sœur était frappante. Même tête ronde, même triste sourire dans le pli de la bouche. Sauf que la sœur était sobre, solide pour deux. Elle prit la place de Grazie. Francis continua, l'aida dans l'escalier. Il revint, aussi trempe en lavette qu'on peut l'être.

Merveilleux, dit-il, merveilleux, et il commença de se déshabiller.

*

Grazie avait dit qu'elle préférait un lit à la banquette collante d'une voiture. Francis était revenu vers le village, avait tourné à gauche.

Il pleuvait toujours autant, à boire debout, un fracas qui tenait lieu de conversation. Devant la maison, en silence, ils avaient respiré un moment ce déluge, puis ils s'étaient précipités vers la maison.

Dans la cuisine, une femme âgée les avait regardés passer, jetant de petits coups d'œil dans le coin où se trouvait un téléviseur géant. La femme n'avait rien dit. Francis n'avait rien dit.

*

Maintenant, le lit était vide. Grazie se dirigea vers la fenêtre, souleva le store. Pas encore le matin, plutôt la colorée barre du jour, orange mêlée de mauve. La pluie s'était arrêtée. Quand ? Par la fenêtre ouverte, le charivari des étourneaux et des moineaux entrait. Une odeur passait, plus surette que florale, pas vraiment désagréable, terre, eau, verdure, fumier. Elle aspira à petits coups, plusieurs fois.

Où donc était Francis à pareille heure ? Avait-il seulement dormi cinq minutes ? Elle se rappela, tous les deux allongés.

Tu veux des oreillers ? Aussi bien t'installer confortablement.

Oui.

Tous les deux allongés dans la nuit.

Grazie ouvrit une penderie, prit un jean bien trop grand et raccommodé aux genoux, une chemise longue, des bottines auxquelles il manquait les lacets.

Merveilleux ! Donne ta main.

Une fois habillée et chaussée, elle descendit. Devant l'évier de la cuisine, la femme, sans doute sa mère, se retourna. Grazie s'attendit à une question, un salut, un signe quelconque, mais rien. La cuisine donnait sur un tambour. Elle referma doucement.

Qu'est-ce que c'est ?

Ma main.

Il lui avait embrassé le bout des doigts.

Et ça ?

…

Et ça?

Pas besoin d'être fort en anatomie. Grazie avait écarté les cuisses. Le face à face.

Dehors, le pick-up était garé devant la remise. Elle y trouva ses vêtements, les siens aussi, deux masses en tas de chaque côté de la console.

Doux, doux, doux…

Grazie ne se sentait plus toute jeune. Rien d'instantané. Le calme pour elle seule.

L'odeur de l'étable la surprit. Elle chassa l'air de ses poumons, se retint longtemps d'inspirer, jusqu'au vertige.

Les vaches étaient attachées en deux longues rangées face aux murs chaulés. Leur seule activité semblait être de mettre leurs babines dans une mixture végétale brun verdâtre et d'avaler. Grazie eut l'impression qu'elle ne dérangeait pas. Un chat sauta d'une allège de fenêtre. Il s'avança, s'assit sur le derrière, la dévisagea, fila ensuite entre les pattes des vaches.

Le Petit avait dormi chez sa tante. Grazie lui avait menti à moitié, disant qu'elle s'absentait parce qu'elle ne pouvait faire autrement. Combien de fois allait-elle lui mentir encore?

Elle continua d'avancer, de regarder chaque bête. Des gueules plates, voilà comment certains les appelaient. Un collier d'identification leur pendait dans le cou. Combien y en avait-il? Il avait dit entre trente et quarante. Il lui semblait en voir au moins une centaine, toutes debout, bien réveillées, les yeux intéressés.

Grazie en était à examiner le mouvement réflexe de leurs queues quand elle aperçut enfin Francis. Il accrocha la trayeuse qu'il avait à la main à une barre au-dessus de sa tête, disparut entre deux vaches, ressortit de l'autre côté de la mangeoire. Il était pressé.

Encore à peu près deux heures, dit-il en l'embrassant sur la bouche.

Il repassa entre les vaches, reprit la trayeuse, se pencha et enfila les gobelets trayeurs.

Elle comprit que traire des vaches consistait à courir d'un animal à l'autre, se baisser, tâter le pis, laver les trayons, enfiler les gobelets, se relever, courir de nouveau, se baisser de nouveau, détacher les gobelets de la vache voisine, se relever, se baisser, ce qui s'appelle travailler en fou. Il fallait un bon dos, un bon œil, des mains rapides.

Quand le compresseur à traire s'éteignit, Grazie attendait dehors. Le jour était levé depuis longtemps. Francis rejoignit Grazie sous l'arbre. Ils parlèrent des vaches. Elles n'apprenaient rien, elles n'enseignaient rien, mais elles donnaient du lait, du fumier, étaient de bonne compagnie.

Sur la route, plusieurs voitures avaient ralenti en passant. Grazie dit qu'elle avait l'impression que tout Napierville savait, et regardait.

Une bonne affaire de faite ! dit Francis.

Table des matières